Ta … moi

Si ça …
il fait froid,
parce qu'au fond de m…
il y aura toujours une
pensée pour toi.
Je t'aime.

Bahia

LA PETITE SIRÈNE
ET AUTRES CONTES

HANS CHRISTIAN ANDERSEN

La Petite Sirène
et autres contes

Traduit du danois
par
E. Grégoire, L. Moland et D. Soldi

HANS CHRISTIAN ANDERSEN
(1805-1875)

Hans Andersen, bien que simple cordonnier d'Odense, une bourgade danoise de l'île de Fionie, était sans doute un homme cultivé, en tout cas un original et un libre penseur. A son fils unique, né le 2 avril 1805 (en est-il vraiment le père ?) il lit la Fontaine, les *Mille et Une Nuits*, la *Bible*... avant de se retrouver enrôlé dans l'armée en 1812 (c'était l'époque des guerres napoléoniennes) d'où il revient au bout de deux ans, la santé délabrée, pour mourir en 1816.

Deux ans plus tard, sa mère (elle a toujours gâté son fils) épouse un autre cordonnier. Quatre ans après, à nouveau veuve, elle meurt d'alcoolisme dans un hospice. Son grand-père devenu fou, sa grand-mère est obligée d'emmener le futur écrivain avec elle à l'asile d'aliénés où elle travaille comme jardinière. Enfant sensible, Andersen restera marqué (on le serait à moins) pour le restant de ses jours par sa terrible enfance. Parce qu'une voyante (il était superstitieux comme sa mère) lui a prédit fortune et gloire, il part, à l'âge de 14 ans à Copenhague où il veut entrer au Théâtre Royal. Son obstination lui ouvre le Conservatoire de musique et l'École de danse du Théâtre, deux domaines que son peu de dispositions l'oblige à abandonner pour devenir figurant. C'est là qu'il sera remarqué par Jonas Collins, un des directeurs du Théâtre Royal, à qui il ne cesse d'envoyer des tragédies bourrées de fautes d'orthographes. Grâce à ce dernier il va enfin au collège dont il sortira diplômé. Un an plus tard, en 1828, sa première pièce est jouée.

En 1831, à la suite d'un chagrin d'amour (le premier d'une longue série... la fille de J. Collins, son protecteur, la cantatrice Jenny Lind « le rossignol du Nord »...), il part pour l'étranger (Allemagne, France, Suisse, Autriche, Italie) d'où il ramènera des récits de voyages très prisés par ses contemporains. Un roman, *l'Improvisateur* (1835) situé en Italie, lui vaut un début de notoriété. L'année suivante, il fait paraître son premier recueil de contes sans y attacher beaucoup d'importance toujours occupé à écrire de mauvais romans et de mauvais vers. Il obtient enfin une bourse d'écrivain, voyage beaucoup, écrit beaucoup.

Ses recueils de contes qu'il publie année après année sont des triomphes. On loue son humour, son originalité et il suffit de citer *La Princesse au petit pois, Les Habits neufs de l'empereur, La Petite Sirène...* pour en être immédiatement convaincu.

Il rencontre ses pairs... Alexandre Dumas, Charles Dickens (comme lui, il fut un admirable diseur dans des tournées de lecture mémorables). Par-dessus, tout il admire Hoffmann dont il se sent très proche. Il a définitivement compris que le conte est le genre où il est insurpassable et a supprimé la mention « pour enfants » quand il s'est rendu compte que les adultes appréciaient tout autant (si ce n'est plus) son habileté à mélanger le merveilleux et le quotidien, le réel et le fantastique.

Vaniteux, sensible aux critiques mais fêté et adulé, y compris des têtes couronnées, bref, il a tout pour être heureux si ce n'est que sa vie amoureuse est un perpétuel échec. Il a toujours eu le sentiment qu'il en a été de même de sa vie sociale, que même la famille Collins ne l'avait jamais vraiment adopté. Et de fait, il n'a jamais eu de domicile et a erré toute sa vie d'hôtel en hôtel, puis de château en château dans ses heures de gloire. Comme lui-même l'avait écrit dans *Le Conte de ma vie*, sa vie a été un conte, un conte doux-amer. Un conte qui devait s'achever le 4 août 1875, à un peu plus de 70 ans.

Son pays, le Danemark, lui fit des funérailles nationales et un monument à sa mémoire, représentant *La Petite Sirène*, fut édifié peu de temps après à l'entrée du port de Copenhague.

LA PETITE SIRÈNE

Bien loin dans la mer, l'eau est bleue comme les feuilles des bluets, pure comme le verre le plus transparent, mais si profonde qu'il serait inutile d'y jeter l'ancre, et qu'il faudrait y entasser une quantité infinie de tours d'église les unes sur les autres pour mesurer la distance du fond à la surface.

C'est là que demeure le peuple de la mer. Mais n'allez pas croire que ce fond se compose seulement de sable blanc ; non, il y croît des plantes et des arbres bizarres, et si souples, que le moindre mouvement de l'eau les fait s'agiter comme s'ils étaient vivants. Tous les poissons, grands et petits, vont et viennent entre les branches comme les oiseaux dans l'air. A l'endroit le plus profond se trouve le château du roi de la mer, dont les murs sont de corail, les fenêtres de bel ambre jaune, et le toit de coquillages qui s'ouvrent et se ferment pour recevoir l'eau ou pour la rejeter. Chacun de ces coquillages renferme des perles brillantes dont la moindre ferait honneur à la couronne d'une reine.

Depuis plusieurs années le roi de la mer était veuf, et sa vieille mère dirigeait sa maison. C'était une femme spirituelle, mais si fière de son rang, qu'elle portait douze huîtres à sa queue tandis que les autres grands personnages n'en portaient que six. Elle méritait des éloges pour les soins qu'elle prodiguait à ses six petites filles, toutes princesses charmantes. Cependant la plus jeune était plus belle encore que les autres; elle avait la peau douce et diaphane comme une feuille de rose, les yeux bleus comme un lac profond; mais elle n'avait pas de pieds : ainsi que ses sœurs, son corps se terminait par une queue de poisson.

Toute la journée, les enfants jouaient dans les grandes salles du château, où des fleurs vivantes poussaient sur les murs. Lorsqu'on ouvrait les fenêtres d'ambre jaune, les poissons y entraient comme chez nous les hirondelles, et ils mangeaient dans la main des petites princesses qui les caressaient. Devant le château était un grand jardin avec des arbres d'un bleu sombre ou d'un rouge de feu. Les fruits brillaient comme de l'or, et les fleurs, agitant sans cesse leur tige et leurs feuilles, ressemblaient à de petites flammes. Le sol se composait de sable blanc et fin, et une lueur bleue merveilleuse, qui se répandait partout, aurait fait croire qu'on était dans l'air, au milieu de l'azur du ciel, plutôt que sous la mer. Les jours de calme, on pouvait apercevoir le soleil, semblable à une petite fleur de pourpre versant la lumière de son calice.

Chacune des princesses avait dans le jardin son petit terrain, qu'elle pouvait cultiver selon son bon plaisir. L'une lui donnait la forme d'une baleine, l'autre celle d'une sirène; mais la plus jeune fit le sien rond comme le soleil, et n'y planta que des fleurs rouges comme lui. C'était une enfant bizarre, silencieuse et réfléchie. Lorsque ses sœurs jouaient avec différents objets provenant des bâtiments naufragés, elle s'amusait à parer une jolie statuette de marbre blanc, représentant un charmant petit garçon, placée sous un saule pleureur magnifique, couleur de rose, qui la couvrait d'une ombre violette. Son plus grand plaisir consistait à écouter des récits sur le monde où vivent les hommes. Toujours elle priait sa vieille grand-mère de lui parler des vaisseaux, des villes, des hommes et des animaux. Elle s'étonnait surtout que, sur la terre, les fleurs exhalassent un parfum qu'elles n'ont pas sous les eaux de la mer, et que les forêts y fussent vertes. Elle ne pouvait pas imaginer comment les poissons chantaient et sautillaient sur les arbres. La grand-mère appelait les petits oiseaux des poissons ; sans quoi elle ne se serait pas fait comprendre.

« Lorsque vous aurez quinze ans, dit la grand-mère, je vous donnerai la permission de monter à la surface de la mer et de vous asseoir au clair de la lune sur des rochers, pour voir passer les grands vaisseaux et faire connaissance avec les forêts et les villes. »

L'année suivante, l'aînée des sœurs allait atteindre sa quinzième année, et, comme il n'y avait qu'une année de différence entre chaque sœur, la plus jeune devait encore attendre cinq ans pour sortir du fond de la mer. Mais l'une promettait toujours à l'autre de lui faire le récit des merveilles qu'elle aurait vues à sa première sortie ; car leur grand-mère ne parlait jamais assez, et il y avait tant de choses qu'elles brûlaient de savoir !

La plus curieuse, c'était certes la plus jeune ; souvent, la nuit, elle se tenait auprès de la fenêtre ouverte, cherchant à percer de ses regards l'épaisseur de l'eau bleue que les poissons battaient de leurs nageoires et de leur queue. Elle aperçut en effet la lune et les étoiles, mais elles lui paraissaient toutes pâles et considérablement grossies par l'eau.

Lorsque quelque nuage noir les voilait, elle savait que c'était une baleine ou un navire chargé d'hommes qui nageait au-dessus d'elle. Certes, ces hommes ne pensaient pas qu'une charmante petite sirène étendait au-dessous d'eux ses mains blanches vers la carène.

Le jour vint où la princesse aînée atteignit sa quinzième année, et elle monta à la surface de la mer.

A son retour, elle avait mille choses à raconter. « Oh ! disait-elle, c'est délicieux de voir, étendue au clair de la lune sur un banc de sable, au milieu de la mer calme, les rivages de la grande ville où les lumières brillent comme des centaines d'étoiles; d'entendre la musique harmonieuse, le son des cloches des églises, et tout ce bruit d'hommes et de voitures ! »

Oh ! comme sa petite sœur l'écoutait attentivement ! Tous les soirs, debout à la fenêtre ouverte, regardant à travers l'énorme masse d'eau, elle rêvait à la grande ville, à son bruit et à ses lumières, et croyait entendre sonner les cloches tout près d'elle.

L'année suivante, la seconde des sœurs reçut la permission de monter. Elle sortit sa tête de l'eau au moment où le soleil touchait à l'horizon, et la magnificence de ce spectacle la ravit au dernier point.

« Tout le ciel, disait-elle à son retour, ressemblait à de l'or, et la beauté des nuages était au-dessus de tout ce qu'on peut imaginer. Ils passaient devant moi, rouges et violets, et, au milieu d'eux, volait vers le soleil, comme un long voile blanc, une bande de cygnes sauvages. Moi aussi, j'ai voulu nager vers le grand astre rouge; mais tout à coup il a disparu, et la lueur rose qui teignait la surface de la mer ainsi que les nuages s'évanouit bientôt. »

Puis vint le tour de la troisième sœur. C'était la plus hardie, aussi elle remonta le cours d'un large fleuve. Elle vit d'admirables collines plantées de vignes, de châteaux et de fermes situés au milieu de forêts superbes. Elle entendit le chant des oiseaux, et l'ardeur du soleil la força à se plonger plusieurs fois dans l'eau pour rafraîchir sa figure. Dans une baie, elle rencontra une foule de petits êtres humains qui jouaient en se baignant. Elle voulut jouer avec eux, mais ils se sauvèrent tout effrayés, et un animal noir, — c'était un chien, — se mit à aboyer si terriblement qu'elle fut prise de peur et regagna promptement la pleine mer. Mais jamais elle ne put oublier les superbes forêts, les collines vertes et les gentils enfants qui savaient nager, quoiqu'ils n'eussent point de queue de poisson.

La quatrième sœur, qui était moins hardie, aima mieux rester au milieu de la mer sauvage, où la vue s'étendait à plusieurs lieues, et où le ciel s'arrondissait au-dessus de l'eau comme une grande cloche de verre. Elle apercevait de loin les navires, pas plus grands que des mouettes ; les dauphins joyeux faisaient des culbutes, et les baleines colossales lançaient des jets d'eau de leurs narines.

Le tour de la cinquième arriva ; son jour tomba précisément en hiver : aussi vit-elle ce que les autres n'avaient pas encore pu voir. La mer avait une teinte verdâtre, et partout nageaient, avec des formes bizarres, et brillantes comme des diamants, des montagnes de glace. « Chacune d'elles, disait la voyageuse, ressemble à une perle plus grosse que les tours d'église que bâtissent les hommes. » Elle s'était assise sur une des plus grandes, et tous les navigateurs se sauvaient de cet endroit où elle abandonnait sa longue chevelure au gré des vents. Le soir, un orage couvrit le ciel de nuées ; les éclairs brillèrent, le tonnerre gronda, tandis que la mer, noire et agitée, élevant les grands monceaux de glace, les faisait briller de l'éclat rouge des éclairs. Toutes les voiles furent serrées, la terreur se répandit partout ; mais elle, tranquillement assise sur sa montagne de glace, vit la foudre tomber en zigzag sur l'eau luisante.

La première fois qu'une des sœurs sortait de l'eau, elle était toujours enchantée de toutes les nouvelles choses qu'elle apercevait ; mais, une fois grandie, lorsqu'elle pouvait monter à loisir, le charme disparaissait, et elle disait au bout d'un mois qu'en bas tout était bien plus gentil, et que rien ne valait son chez-soi.

Souvent, le soir, les cinq sœurs, se tenant par le bras, montaient ainsi à la surface de l'eau. Elles avaient des voix enchanteresses comme nulle créature humaine, et, si par hasard quelque orage leur faisait croire qu'un navire allait sombrer, elles nageaient devant lui et entonnaient des chants magnifiques sur la beauté du fond de la mer, invitant les marins à leur rendre visite. Mais ceux-ci ne pouvaient comprendre les paroles des sirènes, et ils ne virent jamais les magnificences qu'elles célébraient ; car, aussitôt le navire englouti, les hommes se noyaient, et leurs cadavres seuls arrivaient au château du roi de la mer.

Pendant l'absence de ses cinq sœurs, la plus jeune, restée seule auprès de la fenêtre, les suivait du regard et avait envie de pleurer. Mais une sirène n'a point de larmes, et son cœur en souffre davantage.

« Oh ! si j'avais quinze ans ! disait-elle, je sens déjà combien j'aimerais le monde d'en haut et les hommes qui l'habitent. »

Le jour vint où elle eut quinze ans.

« Tu vas partir, lui dit sa grand-mère, la vieille reine douairière ; viens que je fasse ta toilette comme à tes sœurs. »

Et elle posa sur ses cheveux une couronne de lis blancs dont chaque feuille était la moitié d'une perle ; puis elle fit attacher à la queue de la princesse huit grandes huîtres pour désigner son rang élevé.

« Comme elles me font mal ! dit la petite sirène.

— Si l'on veut être bien habillée, il faut souffrir un peu », répliqua la vieille reine.

Cependant la jeune fille aurait volontiers rejeté tout ce luxe et la lourde couronne qui pesait sur sa tête. Les fleurs rouges de son jardin lui allaient beaucoup mieux ; mais elle n'osa pas faire d'observations.

« Adieu ! » dit-elle ; et, légère comme une bulle de savon, elle traversa l'eau.

Lorsque sa tête apparut à la surface de la mer, le soleil venait de se coucher ; mais les nuages brillaient encore comme des roses et de l'or, et l'étoile du soir étincelait au milieu du ciel. L'air était doux et frais, la mer paisible. Près de la petite sirène se trouvait un navire à trois mâts ; il n'avait qu'une voile dehors, à cause du calme, et les matelots étaient assis sur les vergues et sur les cordages. La musique et les chants y résonnaient sans cesse, et à l'approche de la nuit on alluma cent lanternes de diverses couleurs. Suspendus aux cordages, on aurait cru voir les pavillons de toutes les nations. La petite sirène nagea jusqu'à la fenêtre de la grande chambre, et, chaque fois que l'eau la soulevait, elle apercevait à travers les vitres transparentes une quantité d'hommes magnifiquement habillés. Le plus beau d'entre eux était un jeune prince aux grands cheveux noirs, âgé d'environ seize ans, et c'était pour célébrer sa fête que tous ces préparatifs avaient lieu.

Les matelots dansaient sur le pont, et, lorsque le jeune prince s'y montra, cent fusées s'élevèrent dans les airs, répandant une lumière comme celle du jour. La petite sirène eut peur et s'enfonça dans l'eau; mais bientôt elle reparut, et alors toutes les étoiles du ciel semblèrent pleuvoir sur elle. Jamais elle n'avait vu un pareil feu d'artifice; de grands soleils tournaient, des poissons de feu fendaient l'air, et toute la mer, pure et calme, brillait. Sur le navire on pouvait voir chaque petit cordage, et encore mieux les hommes. Oh! que le jeune prince était beau! il serrait la main à tout le monde, parlait et souriait à chacun tandis que la musique envoyait dans la nuit ses sons harmonieux.

Il était tard, mais la petite sirène ne put se lasser d'admirer le vaisseau et le beau prince. Les lanternes ne brillaient plus, et les coups de canon avaient cessé; toutes les voiles furent successivement déployées et le vaisseau s'avança rapidement sur l'eau. La princesse le suivit, sans détourner un instant ses regards de la fenêtre. Mais bientôt la mer commença à s'agiter; les vagues grossissaient, et de grands nuages noirs s'amoncelaient dans le ciel. Dans le lointain brillaient les éclairs, un orage terrible se préparait. Le vaisseau se balançait sur la mer impétueuse, dans une marche rapide. Les vagues, se dressant comme de hautes montagnes, tantôt le faisaient rouler entre elles comme un cygne, tantôt l'élevaient sur leur cime. La petite sirène se plut d'abord à ce voyage accidenté ; mais, lorsque le vaisseau, subissant de violentes secousses, commença à craquer, lorsque tout à coup le mât se brisa comme un jonc, et que le vaisseau se pencha d'un côté tandis que l'eau pénétrait dans la cale, alors elle comprit le danger, et elle dut prendre garde elle-même aux poutres et aux débris qui s'en détachaient.

Par moments il se faisait une telle obscurité, qu'elle ne distinguait absolument rien ; d'autres fois, les éclairs lui rendaient visibles les moindres détails de cette scène. L'agitation était à son comble sur le navire ; encore une secousse ! il se fendit tout à fait, et elle vit le jeune prince s'engloutir dans la mer profonde. Transportée de joie, elle crut qu'il allait descendre dans sa demeure ; mais elle se rappela que les hommes ne peuvent vivre dans l'eau, et que par conséquent il arriverait mort au château de son père. Alors, pour le sauver, elle traversa à la nage les poutres et les planches éparses sur la mer, au risque de se faire écraser, plongea profondément sous l'eau à plusieurs reprises, et ainsi elle arriva jusqu'au jeune prince, au moment où ses forces commençaient à l'abandonner et où il fermait déjà les yeux, près de mourir. La petite sirène le saisit, soutint sa tête au-dessus de l'eau, puis s'abandonna avec lui au caprice des vagues.

Le lendemain matin, le beau temps était revenu, mais il ne restait plus rien du vaisseau. Un soleil rouge, aux rayons pénétrants, semblait rappeler la vie sur les joues du prince ; mais ses yeux restaient toujours fermés. La sirène déposa un baiser sur son front et releva ses cheveux mouillés. Elle lui trouva une ressemblance avec la statue de marbre de son petit jardin, et fit des vœux pour son salut. Elle passa devant la terre ferme, couverte de hautes montagnes bleues à la cime desquelles brillait la neige blanche. Au pied de la côte, au milieu d'une superbe forêt verte, s'étendait un village avec une église ou un couvent. En dehors des portes s'élevaient de grands palmiers, et dans les jardins croissaient des orangers et des citronniers ; non loin de cet endroit, la mer formait un petit golfe s'allongeant jusqu'à un rocher couvert d'un sable fin et blanc. C'est là que la sirène déposa le prince, ayant soin de lui tenir la tête haute et de la présenter aux rayons du soleil.

Bientôt les cloches de l'église commencèrent à sonner, et une quantité de jeunes filles apparurent dans un des jardins. La petite sirène s'éloigna en nageant, et se cacha derrière quelques grosses pierres pour observer ce qui arriverait au pauvre prince.

Quelques moments après, une des jeunes filles vint à passer devant lui ; d'abord elle parut s'effrayer, mais, se remettant aussitôt, elle courut chercher d'autres personnes qui prodiguèrent au prince toutes espèces de soins. La sirène le vit reprendre ses sens et sourire à tous ceux qui l'entouraient ; à elle seule il ne sourit pas, ignorant qui l'avait sauvé. Aussi, lorsqu'elle le vit conduire dans une grande maison, elle plongea tristement et retourna au château de son père.

Elle avait toujours été silencieuse et réfléchie ; à partir de ce jour, elle le devint encore davantage. Ses sœurs la questionnèrent sur ce qu'elle avait vu là-haut, mais elle ne raconta rien.

Plus d'une fois, le soir et le matin, elle retourna à l'endroit où elle avait laissé le prince. Elle vit mûrir les fruits du jardin, elle vit fondre la neige sur les hautes montagnes, mais elle ne vit pas le prince ; et elle retournait toujours plus triste au fond de la mer. Là, sa seule consolation était de s'asseoir dans son petit jardin et d'entourer de ses bras la jolie statuette de marbre qui ressemblait au prince, tandis que ses fleurs négligées, oubliées, s'allongeaient dans les allées comme dans un lieu sauvage, entrelaçaient leurs longues tiges dans les branches des arbres, et formaient ainsi des voûtes épaisses qui obstruaient la lumière.

Enfin cette existence lui devint insupportable; elle confia tout à une de ses sœurs, qui le raconta aussitôt aux autres, mais à elles seules, et à quelques autres sirènes qui ne le répétèrent qu'à leurs amies intimes. Il se trouva qu'une de ces dernières, ayant vu aussi la fête célébrée sur le vaisseau, connaissait le prince et savait l'endroit où était situé son royaume.

« Viens, petite sœur », dirent les autres princesses; et, s'entrelaçant les bras sur les épaules, elles s'élevèrent en file sur la mer devant le château du prince.

Ce château était construit de pierres jaunes et luisantes; de grands escaliers de marbre conduisaient à l'intérieur et au jardin; plusieurs dômes dorés brillaient sur le toit, et, entre les colonnes des galeries, se trouvaient des statues de marbre qui paraissaient vivantes. Les salles, magnifiques, étaient ornées de rideaux et de tapis incomparables, et les murs couverts de grandes peintures. Dans le grand salon, le soleil réchauffait, à travers un plafond de cristal, les plantes les plus rares, qui poussaient dans un grand bassin au-dessous de plusieurs jets d'eau.

Dès lors, la petite sirène revint souvent à cet endroit, la nuit comme le jour; elle s'approchait de la côte, et osait même s'asseoir sous le grand balcon de marbre qui projetait son ombre bien avant sur les eaux. De là, elle voyait au clair de lune le jeune prince, qui se croyait seul; souvent, au son de la musique, il passa devant elle dans un riche bateau pavoisé, et ceux qui apercevaient son voile blanc dans les roseaux verts la prenaient pour un cygne ouvrant ses ailes.

Elle entendait aussi les pêcheurs dire beaucoup de bien du jeune prince, et alors elle se réjouissait de lui avoir sauvé la vie, quoiqu'il l'ignorât complètement. Son affection pour les hommes croissait de jour en jour; de jour en jour aussi elle désirait davantage s'élever jusqu'à eux. Leur monde lui semblait bien plus vaste que le sien; ils savaient franchir la mer avec des navires, grimper sur les hautes montagnes au-delà des nues ; ils jouissaient d'immenses forêts et de champs verdoyants. Ses sœurs ne pouvant satisfaire toute sa curiosité, elle questionna sa vieille grand-mère, qui connaissait bien le monde plus élevé, celui qu'elle appelait à juste titre les pays au-dessus de la mer.

« Si les hommes ne se noient pas, demanda la jeune princesse, est-ce qu'ils vivent éternellement ? Ne meurent-ils pas comme nous ?

— Sans doute, répondit la vieille, ils meurent, et leur existence est même plus courte que la nôtre. Nous autres, nous vivons quelquefois trois cents ans ; puis, cessant d'exister, nous nous transformons en écume, car au fond de la mer ne se trouvent point de tombes pour recevoir les corps inanimés. Notre âme n'est pas immortelle ; avec la mort tout est fini. Nous sommes comme les roseaux verts : une fois coupés, ils ne verdissent plus jamais ! Les hommes, au contraire, possèdent une âme qui vit éternellement, qui vit après que leur corps s'est changé en poussière ; cette âme monte à travers la subtilité de l'air jusqu'aux étoiles qui brillent, et, de même que nous nous élevons du fond des eaux pour voir le pays des hommes, ainsi eux s'élèvent à de délicieux endroits immenses, inaccessibles aux peuples de la mer.

— Mais pourquoi n'avons-nous pas aussi une âme immortelle ? dit la petite sirène affligée ; je donnerais volontiers les centaines d'années qui me restent à vivre pour être homme, ne fût-ce qu'un jour, et participer ensuite au monde céleste.

— Ne pense pas à de pareilles sottises, répliqua la vieille ; nous sommes bien plus heureux ici en bas que les hommes là-haut.

— Il faut donc un jour que je meure ; je ne serai plus qu'un peu d'écume ; pour moi plus de murmure des vagues, plus de fleurs, plus de soleil ! N'est-il donc aucun moyen pour moi d'acquérir une âme immortelle ?

— Un seul, mais à peu près impossible. Il faudrait qu'un homme conçût pour toi un amour infini, que tu lui devinsses plus chère que son père et sa mère. Alors, attaché à toi de toute son âme et de tout son cœur, s'il faisait unir par un prêtre sa main droite à la tienne en promettant une fidélité éternelle, son âme se communiquerait à ton corps, et tu serais admise au bonheur des hommes. Mais jamais une telle chose ne pourra se faire ! Ce qui passe ici dans la mer pour la plus grande beauté, ta queue de poisson, ils la trouvent détestable sur la terre. Pauvres hommes ! pour être beaux, ils s'imaginent qu'il leur faut deux supports grossiers, qu'ils appellent jambes ! »

La petite sirène soupira tristement en regardant sa queue de poisson.

« Soyons gaies ! dit la vieille ; sautons et amusons-nous le plus possible pendant les trois cents années de notre existence ; c'est, ma foi, un laps de temps assez gentil, nous nous reposerons d'autant mieux après. Ce soir il y a bal à la cour. »

On ne peut se faire une idée sur la terre d'une pareille magnificence. La grande salle de danse tout entière n'était que de cristal ; des milliers de coquillages énormes, rangés de chaque côté, éclairaient la salle d'une lumière bleuâtre, qui, à travers les murs transparents, illuminait aussi la mer au-dehors. On y voyait nager d'innombrables poissons, grands et petits, couverts d'écailles luisantes comme de la pourpre, de l'or et de l'argent.

Au milieu de la salle, coulait une large rivière, sur laquelle dansaient les dauphins et les sirènes au son de leur propre voix, qui était superbe. La petite sirène fut celle qui chanta le mieux, et on l'applaudit si fort, que pendant un instant la satisfaction lui fit oublier les merveilles de la terre. Mais bientôt elle reprit ses anciens chagrins, pensant au beau prince et à son âme immortelle. Elle quitta le chant et les rires, sortit tout doucement du château, et s'assit dans son petit jardin. Là, elle entendit le son des cors qui pénétrait l'eau.

« Le voilà qui passe, celui que j'aime de tout mon cœur et de toute mon âme, celui qui occupe toutes mes pensées, à qui je voudrais confier le bonheur de ma vie ! Je risquerais tout pour lui et pour gagner une âme immortelle. Pendant que mes sœurs dansent dans le château de mon père, je vais aller trouver la sorcière de la mer, que j 'ai tant eue en horreur jusqu'à ce jour. Elle pourra peut-être me donner des conseils et me venir en aide. »

Et la petite sirène, sortant de son jardin, se dirigea vers les tourbillons mugissants derrière lesquels demeurait la sorcière. Jamais elle n'avait suivi ce chemin. Pas une fleur ni un brin d'herbe n'y poussait. Le fond de sable, gris et nu, s'étendait jusqu'à l'endroit où l'eau, comme des meules de moulin, tournait rapidement sur elle-même, engloutissant tout ce qu'elle pouvait attraper. La princesse se vit obligée de traverser ces terribles tourbillons pour arriver aux domaines de la sorcière, dont la maison s'élevait au milieu d'une forêt étrange. Tous les arbres et tous les buissons n'étaient que des polypes, moitié animaux, moitié plantes, pareils à des serpents à cent têtes sortant de terre. Les branches étaient des bras longs et gluants, terminés par des doigts en forme de vers, et qui remuaient continuellement. Ces bras s'enlaçaient sur tout ce qu'ils pouvaient saisir, et ne le lâchaient plus.

La petite sirène, prise de frayeur, aurait voulu s'en retourner ; mais, en pensant au prince et à l'âme de l'homme, elle s'arma de tout son courage. Elle attacha autour de sa tête sa longue chevelure flottante, pour que les polypes ne pussent la saisir, croisa ses bras sur sa poitrine, et nagea ainsi, rapide comme un poisson, parmi ces vilaines créatures dont chacune serrait comme avec des liens de fer quelque chose entre ses bras, soit des squelettes blancs de naufragés, soit des rames, des caisses ou des carcasses d'animaux. Pour comble d'effroi, la princesse en vit une qui enlaçait une petite sirène étouffée.

Enfin elle arriva à une grande place dans la forêt,

où de gros serpents de mer se roulaient en montrant leur hideux ventre jaunâtre. Au milieu de cette place se trouvait la maison de la sorcière, construite avec les os des naufragés, et où la sorcière, assise sur une grosse pierre, donnait à manger à un crapaud dans sa main, comme les hommes font manger du sucre aux petits canaris. Elle appelait les affreux serpents ses petits poulets, et se plaisait à les faire rouler sur sa grosse poitrine spongieuse.

« Je sais ce que tu veux, s'écria-t-elle en apercevant la princesse; tes désirs sont stupides; néanmoins je m'y prêterai, car je sais qu'ils te porteront malheur. Tu veux te débarrasser de ta queue de poisson, et la remplacer par deux de ces pièces avec lesquelles marchent les hommes, afin que le prince s'amourache de toi, t'épouse et te donne une âme immortelle. »

A ces mots elle éclata d'un rire épouvantable, qui fit tomber à terre le crapaud et les serpents.

« Enfin tu as bien fait de venir; demain, au lever du soleil, c'eût été trop tard, et il t'aurait fallu attendre encore une année. Je vais te préparer un élixir que tu emporteras à terre avant le point du jour. Assieds-toi sur la côte, et bois-le. Aussitôt ta queue se rétrécira et se partagera en ce que les hommes appellent deux belles jambes. Mais je te préviens que cela te fera souffrir comme si l'on te coupait avec une épée tranchante. Tout le monde admirera ta beauté, tu conserveras ta marche légère et gracieuse, mais chacun de tes pas te causera autant de douleur que si tu marchais sur des pointes d'épingle et fera couler ton sang. Si tu veux endurer toutes ces souffrances, je consens à t'aider.

— Je les supporterai! dit la sirène d'une voix tremblante, en pensant au prince et à l'âme immortelle.

— Mais souviens-toi, continua la sorcière, qu'une fois changée en être humain, jamais tu ne pourras redevenir sirène! Jamais tu ne reverras le château de ton père; et si le prince, oubliant son père et sa mère, ne s'attache pas à toi de tout son cœur et de toute son âme, ou s'il ne veut pas faire bénir votre union par un prêtre, tu n'auras jamais une âme immortelle. Le jour où il épousera une autre femme, ton cœur se brisera, et tu ne seras plus qu'un peu d'écume sur la cime des vagues.

— J'y consens, dit la princesse, pâle comme la mort.

— En ce cas, poursuivit la sorcière, il faut aussi que tu me payes ; et je ne demande pas peu de chose. Ta voix est la plus belle parmi celles du fond de la mer, tu penses avec elle enchanter le prince, mais c'est précisément ta voix que j'exige en payement. Je veux ce que tu as de plus beau en échange de mon précieux élixir ; car, pour le rendre bien efficace, je dois y verser mon propre sang.

— Mais si tu prends ma voix, demanda la petite sirène, que me restera-t-il ?

— Ta charmante figure, répondit la sorcière, ta marche légère et gracieuse, et tes yeux expressifs : cela suffit pour entortiller le cœur d'un homme. Allons ! du courage ! Tire ta langue, que je la coupe, puis je te donnerai l'élixir.

— Soit ! » répondit la princesse, et la sorcière lui coupa la langue. La pauvre enfant resta muette.

Là-dessus, la sorcière mit son chaudron sur le feu, pour faire bouillir la boisson magique.

« La propreté est une bonne chose », dit-elle en prenant un paquet de vipères pour nettoyer le chaudron. Puis, se faisant une entaille dans la poitrine, elle laissa couler son sang noir dans le chaudron.

Une vapeur épaisse en sortit, formant des figures bizarres, affreuses. A chaque instant, la vieille ajoutait un nouvel ingrédient, et, lorsque le mélange bouillit à gros bouillons, il rendit un son pareil aux gémissements du crocodile. L'élixir, une fois préparé, ressemblait à de l'eau claire.

« Le voici, dit la sorcière, après l'avoir versé dans une fiole. Si les polypes voulaient te saisir, quand tu t'en retourneras par ma forêt, tu n'as qu'à leur jeter une goutte de cette boisson, et ils éclateront en mille morceaux. »

Ce conseil était inutile; car les polypes, en apercevant l'élixir qui luisait dans la main de la princesse comme une étoile, reculèrent effrayés devant elle. Ainsi, elle traversa la forêt et les tourbillons mugissants.

Quand elle arriva au château de son père, les lumières de la grande salle de danse étaient éteintes; tout le monde dormait, sans doute, mais elle n'osa pas entrer. Elle ne pouvait plus leur parler, et bientôt elle allait les quitter pour jamais. Il lui semblait que son cœur se brisait de chagrin. Elle se glissa ensuite dans le jardin, cueillit une fleur de chaque parterre de ses sœurs, envoya du bout des doigts mille baisers au château, et monta à la surface de la mer.

Le soleil ne s'était pas encore levé lorsqu'elle vit le château du prince. Elle s'assit sur la côte, et but l'élixir; ce fut comme si une épée effilée lui traversait le corps; elle s'évanouit et resta comme morte. Le soleil brillait déjà sur la mer lorsqu'elle se réveilla, éprouvant une douleur cuisante. Mais en face d'elle était le beau prince, qui attachait sur elle ses yeux noirs. La petite sirène baissa les siens, et alors elle vit que sa queue de poisson avait disparu, et que deux jambes blanches et gracieuses la remplaçaient.

Le prince lui demanda qui elle était et d'où elle venait; elle le regarda d'un air doux et affligé, sans pouvoir dire un mot. Puis le jeune homme la prit par la main et la conduisit au château. Chaque pas, comme avait dit la sorcière, lui causait des douleurs atroces; cependant, au bras du prince, elle monta l'escalier de marbre, légère comme une bulle de savon, et tout le monde admira sa marche gracieuse. On la revêtit de soie et de mousseline, sans pouvoir assez admirer sa beauté; mais elle restait toujours muette. Des esclaves, habillées de soie et d'or, chantaient devant le prince les exploits de ses ancêtres;

elles chantaient bien, et le prince les applaudissait en souriant à la jeune fille.

« S'il savait, pensa-t-elle, que pour lui j'ai sacrifié une voix plus belle encore ! »

Après le chant, les esclaves exécutèrent une danse gracieuse au son d'une musique charmante. Mais lorsque la petite sirène se mit à danser, élevant ses bras blancs et se tenant sur la pointe des pieds, sans toucher presque le plancher, tandis que ses yeux parlaient au cœur mieux que le chant des esclaves, tous furent ravis en extase ; le prince s'écria qu'elle ne le quitterait jamais, et lui permit de dormir à sa porte sur un coussin de velours. Tout le monde ignorait les souffrances qu'elle avait endurées en dansant.

Le lendemain, le prince lui donna un costume d'amazone pour qu'elle le suivît à cheval. Ils traversèrent ainsi les forêts parfumées et gravirent les hautes montagnes ; la princesse, tout en riant, sentait saigner ses pieds.

La nuit, lorsque les autres dormaient, elle descendit secrètement l'escalier de marbre et se rendit à la côte pour rafraîchir ses pieds brûlants dans l'eau froide de la mer, et le souvenir de sa patrie revint à son esprit.

Une nuit, elle aperçut ses sœurs se tenant par la main ; elles chantaient si tristement en nageant, que la petite sirène ne put s'empêcher de leur faire signe. L'ayant reconnue, elles lui racontèrent combien elle leur avait causé de chagrin. Toutes les nuits elles revinrent, et, une fois, elles amenèrent aussi la vieille grand-mère, qui depuis nombre d'années n'avait pas mis la tête hors de l'eau, et le roi de la mer avec sa couronne de corail. Tous les deux étendirent leurs mains vers leur fille ; mais ils n'osèrent pas, comme ses sœurs, s'approcher de la côte.

Tous les jours, le prince l'aimait de plus en plus, mais il l'aimait comme on aime une enfant bonne et gentille, sans avoir l'idée d'en faire sa femme. Cependant, pour qu'elle eût une âme immortelle et qu'elle ne devînt pas un jour un peu d'écume, il fallait que le prince épousât la sirène.

« Ne m'aimes-tu pas mieux que toutes les autres ? voilà ce que semblaient dire les yeux de la pauvre petite lorsque, la prenant dans ses bras, il déposait un baiser sur son beau front.

— Certainement, répondit le prince, car tu as meilleur cœur que toutes les autres ; tu m'es plus dévouée, et tu ressembles à une jeune fille que j'ai vue un jour, mais que sans doute je ne reverrai jamais. Me trouvant sur un navire qui fit naufrage, je fus poussé à terre par les vagues, près d'un couvent habité par plusieurs jeunes filles. La plus jeune d'entre elles me trouva sur la côte, et me sauva la vie, mais je ne la vis que deux fois. Jamais, dans le monde, je ne pourrai aimer une autre qu'elle ; eh bien ! tu lui ressembles, quelquefois même tu remplaces son image dans mon âme.

— Hélas ! pensa la petite sirène, il ignore que c'est moi qui l'ai porté à travers les flots jusqu'au couvent pour le sauver. Il en aime une autre ? Cependant cette jeune fille est enfermée dans un couvent, elle ne sort jamais ; peut-être l'oubliera-t-il pour moi, pour moi qui l'aimerai et lui serai dévouée toute ma vie. »

« Le prince va épouser la charmante fille du roi voisin, dit-on un jour ; il équipe un superbe navire sous prétexte de rendre seulement visite au roi, mais la vérité est qu'il va épouser sa fille. » Cela fit sourire la sirène, qui savait mieux que personne les pensées du prince, car il lui avait dit : « Puisque mes parents l'exigent, j'irai voir la belle princesse, mais jamais ils ne me forceront à la ramener pour en faire ma femme. Je ne puis l'aimer ; elle ne ressemble pas, comme toi, à la jeune fille du couvent, et je préférerais t'épouser, toi, pauvre enfant trouvée, aux yeux si expressifs, malgré ton éternel silence. »

Le prince partit.

En parlant ainsi, il avait déposé un baiser sur sa longue chevelure.

« J'espère que tu ne crains pas la mer, mon enfant », lui dit-il sur le navire qui les emportait.

Puis il lui parla des tempêtes et de la mer en fureur, des étranges poissons et de tout ce que les plongeurs trouvent au fond des eaux. Ces discours la faisaient sourire, car elle connaissait le fond de la mer mieux que personne assurément.

Au clair de la lune, lorsque les autres dormaient, assise sur le bord du vaisseau, elle plongeait ses regards dans la transparence de l'eau, croyant apercevoir le château de son père, et sa vieille grand-mère les yeux fixés sur la carène. Une nuit, ses sœurs lui apparurent; elles la regardaient tristement et se tordaient les mains. La petite les appela par des signes, et s'efforça de leur faire entendre que tout allait bien; mais au même instant le mousse s'approcha, et elles disparurent en laissant croire au petit marin qu'il n'avait vu que l'écume de la mer.

Le lendemain, le navire entra dans le port de la ville où résidait le roi voisin. Toutes les cloches sonnèrent, la musique retentit du haut des tours, et les soldats se rangèrent sous leurs drapeaux flottants. Tous les jours ce n'étaient que fêtes, bals, soirées; mais la princesse n'était pas encore arrivée du couvent, où elle avait reçu une brillante éducation.

La petite sirène était bien curieuse de voir sa beauté; elle eut enfin cette satisfaction. Elle dut reconnaître que jamais elle n'avait vu une si belle figure, une peau si blanche et de grands yeux noirs si séduisants.

« C'est toi! s'écria le prince en l'apercevant, c'est toi qui m'as sauvé la vie sur la côte »; et il serra dans ses bras sa fiancée rougissante. « C'est trop de bonheur! continua-t-il en se tournant vers la petite sirène. Mes vœux les plus ardents sont accomplis! Tu partageras ma félicité, car tu m'aimes mieux que tous les autres. »

L'enfant de la mer baisa la main du prince, bien qu'elle se sentît le cœur brisé.

Le jour de la noce de celui qu'elle aimait, elle devait mourir et se changer en écume.

La joie régnait partout; des hérauts annoncèrent les fiançailles dans toutes les rues au son des trompettes. Dans la grande église, une huile parfumée brûlait dans des lampes d'argent, les prêtres agitaient les encensoirs; les deux fiancés se donnèrent la main et reçurent la bénédiction de l'évêque. Habillée de soie et d'or, la petite sirène assistait à la cérémonie; mais elle ne pensait qu'à sa mort prochaine et à tout ce qu'elle avait perdu dans ce monde.

Le même soir, les deux jeunes époux s'embarquèrent au bruit des salves d'artillerie. Tous les pavillons flottaient, et au milieu du vaisseau se dressait une tente royale d'or et de pourpre, où l'on avait préparé un magnifique lit de repos. Les voiles s'enflèrent, et le vaisseau glissa légèrement sur la mer limpide.

A l'approche de la nuit, on alluma des lampes de diverses couleurs, et les marins se mirent à danser joyeusement sur le pont. La petite sirène se rappela alors la soirée où, pour la première fois, elle avait vu le monde des hommes. Elle se mêla à la danse, légère comme une hirondelle, et elle se fit admirer comme un être surhumain. Mais il est impossible d'exprimer ce qui se passait dans son cœur; au milieu de la danse elle pensait à celui pour qui elle avait quitté sa famille et sa patrie, sacrifié sa voix merveilleuse et subi des tourments inouïs. Cette nuit était la dernière où elle respirait le même air que lui, où elle pouvait regarder la mer profonde et le ciel étoilé. Une nuit éternelle, une nuit sans rêve l'attendait, puisqu'elle n'avait pas une âme immortelle. Jusqu'à minuit la joie et la gaieté régnèrent autour d'elle; elle-même riait et dansait, la mort dans le cœur.

Enfin le prince et la princesse se retirèrent dans leur tente; tout devint silencieux, et le pilote resta seul debout près du gouvernail. La petite sirène, appuyée sur ses bras blancs au bord du navire, regardait vers l'orient, du côté de l'aurore; elle savait que le premier rayon du soleil allait la tuer.

Soudain ses sœurs sortirent de la mer, aussi pâles qu'elle-même; leur longue chevelure ne flottait plus au vent, on l'avait coupée.

« Nous l'avons donnée à la sorcière, dirent-elles, pour qu'elle te vienne en aide et te sauve de la mort. Elle nous a donné un couteau bien affilé que voici. Avant le lever du soleil, il faut que tu l'enfonces dans le cœur du prince, et, lorsque son sang encore chaud tombera sur tes pieds, ils se joindront et se changeront en une queue de poisson. Tu redeviendras sirène; tu pourras redescendre dans l'eau près de nous, et ce n'est qu'à l'âge de trois cents ans que tu disparaîtras en écume. Mais dépêche-toi! car avant le lever du soleil, il faut que l'un de vous deux meure. Tue-le, et reviens! Vois-tu cette raie rouge à l'horizon? dans quelques minutes le soleil paraîtra, et tout sera fini pour toi! »

Puis, poussant un profond soupir, elles s'enfoncèrent dans les vagues.

La petite sirène écarta le rideau de la tente, et elle vit la jeune femme endormie, la tête appuyée sur la poitrine du prince. Elle s'approcha d'eux, s'inclina, et déposa un baiser sur le front de celui qu'elle avait tant aimé. Ensuite elle tourna ses regards vers l'aurore, qui luisait de plus en plus, regarda alternativement le couteau tranchant et le prince qui prononçait en rêvant le nom de son épouse, leva l'arme d'une main tremblante, et... la lança loin dans les vagues. Là où tomba le couteau, des gouttes de sang semblèrent rejaillir de l'eau. La sirène jeta encore un regard sur le prince, et se précipita dans la mer, où elle sentit son corps se dissoudre en écume.

A ce moment, le soleil sortit des flots; ses rayons doux et bienfaisants tombaient sur l'écume froide, et la petite sirène ne se sentait pas morte; elle vit le soleil brillant, les nuages de pourpre, et au-dessus d'elle flottaient mille créatures transparentes et célestes. Leurs voix formaient une mélodie ravissante, mais si subtile, que nulle oreille humaine ne pouvait l'entendre, comme nul œil humain ne pouvait voir ces créatures. L'enfant de la mer s'aperçut qu'elle avait un corps semblable aux leurs, et qui se dégageait peu à peu de l'écume.

« Où suis-je ? demanda-t-elle avec une voix dont aucune musique ne peut donner l'idée.

— Chez les filles de l'air, répondirent les autres. La sirène n'a point d'âme immortelle, et elle ne peut en acquérir une que par l'amour d'un homme ; sa vie éternelle dépend d'un pouvoir étranger. Comme la sirène, les filles de l'air n'ont pas une âme immortelle, mais elles peuvent en gagner une par leurs bonnes actions. Nous volons dans les pays chauds, où l'air pestilentiel tue les hommes, pour y ramener la fraîcheur ; nous répandons dans l'atmosphère le parfum des fleurs ; partout où nous passons, nous apportons des secours et nous ramenons la santé. Lorsque nous avons fait le bien pendant trois cents ans, nous recevons une âme immortelle, afin de participer à l'éternelle félicité des hommes. Pauvre petite sirène, tu as fait de tout ton cœur les mêmes efforts que nous ; comme nous tu as souffert, et, sortie victorieuse de tes épreuves, tu t'es élevée jusqu'au monde des esprits de l'air, où il ne dépend que de toi de gagner une âme immortelle par tes bonnes actions. »

Et la petite sirène, élevant ses bras vers le ciel, versa des larmes pour la première fois. Les accents de la gaieté se firent entendre de nouveau sur le navire ; mais elle vit le prince et sa belle épouse regarder fixement avec mélancolie l'écume bouillonnante, comme s'ils savaient qu'elle s'était précipitée dans les flots. Invisible, elle embrassa la femme du prince, jeta un sourire à l'époux, puis monta avec les autres enfants de l'air sur un nuage rose qui s'éleva dans le ciel.

LA PETITE FILLE
ET LES ALLUMETTES

Comme il faisait froid ! La neige tombait et la nuit n'était pas loin ; c'était le dernier soir de l'année, la veille du jour de l'An. Au milieu de ce froid et de cette obscurité, une pauvre petite fille passa dans la rue, la tête et les pieds nus. Elle avait, il est vrai, des pantoufles en quittant la maison, mais elles ne lui avaient pas servi longtemps : c'étaient de grandes pantoufles que sa mère avait déjà usées, si grandes que la petite les perdit en se pressant de traverser la rue entre deux voitures. L'une fut réellement perdue ; quant à l'autre, un gamin l'emporta avec l'intention d'en faire un berceau pour son petit enfant, quand le ciel lui en donnerait un.

La petite fille cheminait avec ses petits pieds nus qui étaient rouges et bleus de froid ; elle avait dans son vieux tablier une grande quantité d'allumettes, et elle en portait à la main un paquet. C'était pour elle une journée mauvaise ; pas d'acheteurs, donc pas le moindre sou. Elle avait bien faim et bien froid, bien misérable mine. Pauvre petite ! Les flocons de neige tombaient dans ses longs cheveux blonds, si gentiment bouclés autour de son cou ; mais songeait-elle seulement à ses cheveux bouclés ? Les lumières brillaient aux fenêtres, le fumet des rôtis s'exhalait dans la rue, c'était la veille du jour de l'An : voilà à quoi elle songeait.

Elle s'assit et s'affaissa sur elle-même dans un

coin, entre deux maisons. Le froid la saisissait de plus en plus, mais elle n'osait pas retourner chez elle : elle rapportait ses allumettes et pas la plus petite pièce de monnaie. Son père la battrait; et du reste, chez elle, est-ce qu'il n'y faisait pas froid aussi ? Ils logeaient sous le toit, et le vent soufflait au travers, quoique les plus grandes fentes eussent été bouchées avec de la paille et des chiffons. Ses petites mains étaient presque mortes de froid. Hélas ! qu'une petite allumette leur ferait de bien ! Si elle osait en tirer une seule du paquet, la frotter sur le mur et réchauffer ses doigts ! Elle en tira une : ritch ! comme elle éclata ! comme elle brûla ! C'était une flamme chaude et claire comme une petite chandelle, quand elle la couvrit de sa main. Quelle lumière bizarre ! Il semblait à la petite fille qu'elle était assise devant un grand poêle de fer orné de boules et surmonté d'un couvercle en cuivre luisant. Le feu y brûlait si magnifique, il chauffait si bien ! Mais, qu'y a-t-il donc ? La petite étendait déjà ses pieds pour les chauffer aussi ; la flamme s'éteignit, le poêle disparut : elle était assise, un petit bout de l'allumette brûlée à la main.

Elle en frotta une seconde qui brûla, qui brilla, et, là où la lueur tomba sur le mur, il devint transparent comme une gaze. La petite pouvait voir jusque dans une chambre où la table était couverte d'une nappe blanche, éblouissante de fines porcelaines, et sur laquelle une oie rôtie, farcie de pruneaux et de pommes, fumait avec un parfum délicieux. O surprise, ô bonheur ! Tout à coup l'oie sauta de son plat et roula sur le plancher, la fourchette et le couteau dans le dos, jusqu'à la pauvre fille. L'allumette s'éteignit : elle n'avait devant elle que le mur épais et froid.

En voilà une troisième allumée. Aussitôt elle se vit assise sous un magnifique arbre de Noël; il était plus riche et plus grand encore que celui qu'elle avait vu, à la Noël dernière, à travers la porte vitrée, chez le riche marchand. Mille chandelles brûlaient sur les branches vertes, et des images de toutes couleurs, comme celles qui ornent les fenêtres des magasins, semblaient lui sourire. La petite éleva les deux mains : l'allumette s'éteignit; toutes les chandelles de Noël montaient, montaient, et elle s'aperçut alors que ce n'étaient que les étoiles. Une d'elles tomba et traça une longue raie de feu dans le ciel.

« C'est quelqu'un qui meurt », se dit la petite; car sa vieille grand-mère, qui seule avait été bonne pour elle, mais qui n'était plus, lui répétait souvent : « Lorsqu'une étoile tombe, c'est qu'une âme monte à Dieu. »

Elle frotta encore une allumette sur le mur : il se fit une grande lumière au milieu de laquelle était la grand-mère debout, avec un air si doux, si radieux!

« Grand-mère! s'écria la petite, emmène-moi. Lorsque l'allumette s'éteindra, je sais que tu n'y seras plus. Tu disparaîtras comme le poêle de fer, comme l'oie rôtie, comme le bel arbre de Noël. »

Elle frotta promptement le reste du paquet, car elle tenait à garder sa grand-mère, et les allumettes répandirent un éclat plus vif que celui du jour. Jamais la grand-mère n'avait été si grande ni si belle. Elle prit la petite fille sur son bras, et toutes les deux s'envolèrent joyeuses au milieu de ce rayonnement, si haut, si haut, qu'il n'y avait plus ni froid, ni faim, ni angoisse, elles étaient chez Dieu.

Mais dans le coin, entre les deux maisons, était assise, quand vint la froide matinée, la petite fille, les joues toutes rouges, le sourire sur la bouche... morte, morte de froid, le dernier soir de l'année. Le jour de l'An se leva sur le petit cadavre assis là avec les allumettes, dont un paquet avait été presque tout brûlé. « Elle a voulu se chauffer? » dit quelqu'un. Tout le monde ignora les belles choses qu'elle avait vues, et au milieu de quelle splendeur elle était entrée avec sa vieille grand-mère dans la nouvelle année.

LA CLOCHE

Le soir, dans les rues étroites de la grande ville, vers le faubourg, lorsque le soleil se couchait et que les nuages apparaissaient comme un fond d'or sur les cheminées noires, tantôt l'un, tantôt l'autre entendait un son étrange, comme l'écho lointain d'une cloche d'église; mais le son ne durait qu'un instant : le bruit des passants, des voitures, des charrettes l'étouffait aussitôt.

Un peu hors de la ville, là où les maisons sont plus écartées les unes des autres et où il y a moins de mouvement, on voyait beaucoup mieux le beau ciel enflammé par les rayons du soleil couchant, et on percevait bien le son de la cloche, qui semblait provenir de la vaste forêt qui s'étendait au loin. C'est de ce côté que les gens tendaient l'oreille; ils se sentaient pris d'un doux sentiment de religieuse piété.

On finit par se demander l'un à l'autre : « Il y a donc une église au fond de la forêt? Quel son sublime elle a, cette cloche! N'irons-nous pas l'entendre de plus près? »

Et, un beau jour, on se mit en route : les gens riches en voiture, les pauvres à pied; mais, aux uns comme aux autres, le chemin parut étonnamment long, et lorsque, arrivés à la lisière du bois, ils aperçurent un talus tapissé d'herbe et de mousse et planté de beaux saules, ils s'y précipitèrent et s'y étendirent à leur aise. Un pâtissier de la ville avait élevé là une tente ; on se régala chez lui ; mais le monde affluait surtout chez un pâtissier rival qui, au-dessus de sa boutique, avait placé une belle cloche qui faisait un vacarme du diable.

Après avoir bien mangé et s'être reposée, la bande reprit le chemin de la ville ; tous étaient enchantés de leur journée et disaient que cela avait été fort romantique. Trois personnages graves, des savants de mérite, prétendirent avoir exploré la forêt dans tous les sens, et racontaient qu'ils avaient fort bien entendu le son de la cloche, mais qu'il leur avait semblé provenir de la ville. L'un d'eux, qui avait du talent pour la poésie, fit une pièce habilement rimée, où il comparait la mélodie de la cloche au doux chant d'une mère qui berce son enfant.

La chose fut imprimée et tomba sous les yeux du roi. Sa Majesté se fit mettre au fait et déclara alors que celui qui découvrirait d'où venait ce son recevrait le titre de sonneur du roi et de la cour, et cela même si le son n'était pas produit par une cloche. Une bonne pension serait assurée à cette nouvelle dignité.

Alléchés par cette perspective, bien des gens se risquèrent dans la forêt sauvage ; il n'y en eut qu'un seul qui en rapporta une manière d'explication du phénomène. Il ne s'était guère avancé plus loin que les autres ; mais, d'après son récit, il avait aperçu niché dans le tronc d'un grand arbre un hibou, qui, de temps en temps, cognait l'écorce pour attraper des araignées ou d'autres insectes qu'il mangeait pour son dessert. C'est là, pensait-il, ce qui produisait le bruit, à moins que ce ne fût le cri de l'oiseau de Minerve, répercuté dans le tronc creux. On loua beaucoup la sagacité du courageux explorateur ; il reçut le titre de sonneur du roi et de la cour, avec la pension. Tous les ans, il publia depuis, sur beau papier, une dissertation pour faire valoir sa découverte, et tout était pour le mieux.

Survint le grand jour de la confirmation. Le sermon du pasteur fut plein d'onction et de sentiment ;

tous ces jeunes adolescents en furent vivement émus ; ils avaient compris qu'ils venaient de sortir de l'enfance et qu'ils devaient commencer à penser aux devoirs sérieux de la vie. Il faisait un temps délicieux ; le soleil resplendissait ; aussi, tous ensemble, ils allèrent se promener du côté de la forêt.

Voilà que le son de la cloche retentit plus fort, plus mélodieux que jamais ; entraînés par un puissant charme, ils décident de s'en rapprocher le plus possible. « Assurément, ce n'est pas un hibou, se dirent-ils, qui fait ce bruit. »

Trois d'entre eux, cependant, rebroussèrent chemin. D'abord une jeune fille évaporée, qui attendait à la maison la couturière et devait essayer la robe qu'elle aurait à mettre au prochain bal, le premier où elle devait paraître de sa vie. « Impossible, dit-elle, de négliger une affaire si importante. » Puis, ce fut un pauvre garçon qui avait emprunté son habit de cérémonie et ses bottines vernies au fils de son patron ; il avait promis de rendre le tout avant le soir, et, en tout cas, il ne voulait pas aventurer au milieu des broussailles la propriété d'autrui. Le troisième qui rentra en ville, c'était un garçon qui déclara qu'il n'allait jamais au loin sans ses parents, et que les bienséances le commandaient ainsi. On se mit à sourire ; il prétendit que c'était fort déplacé ; alors, les autres rirent aux éclats ; mais il ne s'en retourna pas moins, très fier de sa belle et sage conduite. Les autres trottinèrent en avant et s'engagèrent sur la grande route plantée de tilleuls. Le soleil pénétrait en rayons dorés à travers le feuillage ; les oiseaux entonnaient un joyeux concert et toute la bande chantait en chœur avec eux, se tenant par la main, riches et pauvres, roturiers et nobles ; ils étaient encore jeunes et ne regardaient pas trop à la distinction des rangs ; du reste, ce jour-là, ne s'étaient-ils pas sentis tous égaux devant Dieu ?

Mais bientôt, deux parmi les plus petits se dirent fatigués et retournèrent en arrière ; puis, trois jeunes filles s'abattirent sur un champ de bleuets et de coquelicots, s'amusèrent à tresser des couronnes et ne pensèrent plus à la cloche.

Lorsqu'on fut sur le talus planté de saules, on se débanda et, par groupes, ils allèrent s'attabler chez les pâtissiers. « Oh ! qu'il fait charmant ici ! disaient la plupart. Restons assis et reposons-nous. La cloche, il est probable qu'elle n'existe pas, et que tout cela n'est que fantasmagorie. »

Voilà qu'au même instant le son retentit au fond de la forêt, si plein, si majestueux et solennel, que tous en furent saisis. Cependant il n'y en eut que cinq, tous des garçons, qui résolurent de tenter l'aventure et de s'engager sous bois. C'est aussi qu'il était difficile d'y pénétrer : les arbres étaient serrés, entremêlés de ronces et de hautes fougères ; de longues guirlandes de liserons arrêtaient encore la marche ; il y avait aussi des cailloux pointus, et de gros quartiers de roches, et des marécages.

Ils avançaient péniblement, lorsque toute une nichée de rossignols fit entendre un ravissant concert ; ils marchent dans cette direction et arrivent à une charmante clairière, tapissée de mousses de toutes nuances, de muguets, d'orchidées et autres jolies fleurs ; au milieu, une source fraîche et abondante sortait d'un rocher ; son murmure faisait comme : « Glouk ! glouk ! »

« Ne serait-ce pas là la fameuse cloche ? dit l'un d'eux, en mettant son oreille contre terre pour mieux entendre. Je m'en vais rester pour tirer la chose au clair. »

Un second lui tint compagnie pour qu'il n'eût pas seul l'honneur de la découverte. Les trois autres reprirent leur marche en avant. Ils atteignirent un amour de petite hutte, construite en écorce et couverte d'herbes et de branchages ; le toit était abrité par la couronne d'un pommier sauvage, tout chargé de fleurs roses et blanches ; au-dessus de la porte était suspendue une clochette.

« Voilà donc le mystère ! » s'écria l'un d'eux, et l'autre l'approuva aussitôt. Mais le troisième déclara que cette cloche n'était pas assez grande pour être entendue de si loin et pour produire des sons qui remuaient tous les cœurs; que ce n'était là qu'un joujou. Celui qui disait cela, c'était le fils d'un roi; les deux autres se dirent que les princes voulaient toujours tout mieux savoir que le reste du monde; ils gardèrent leur idée, et s'assirent pour attendre que le vent agitât la petite cloche.

Lui s'en fut tout seul, mais il était plein de courage et d'espoir; sa poitrine se gonflait sous l'impression de la solitude solennelle où il se trouvait. De loin, il entendit le gentil carillon de la clochette, et le vent lui apportait aussi parfois le son de la cloche du pâtissier. Mais la vraie cloche, celle qu'il cherchait, résonnait tout autrement; par moments, il l'entendait sur la gauche, « du côté du cœur », se dit-il; maintenant qu'il approchait, ccla faisait l'effet de tout un jeu d'orgue.

Voilà qu'un bruit se fait entendre dans les broussailles, et il en sort un jeune garçon en sabots et portant une jaquette trop petite pour sa taille, et qui laissait bien voir quelles grosses mains il avait. Ils se reconnurent; c'était celui des nouveaux confirmés qui avait dû rentrer à la maison, pour remettre au fils de son patron le bel habit et les bottines vernies qu'on lui avait prêtés. Mais, son devoir accompli, il avait endossé ses pauvres vêtements, mis ses sabots, et il était reparti, à la hâte, à la recherche de la cloche, qui avait si délicieusement fait vibrer son cœur.

« C'est charmant, dit le fils du roi; nous allons marcher ensemble à la découverte. Dirigeons-nous par la gauche. » Le pauvre garçon était tout honteux de sa chaussure et des manches trop courtes de sa jaquette.

« Avec ces sabots, dit-il, je ne pourrais vous suivre assez vite. Et, de plus, il me semble que la cloche doit être à droite; n'est-ce pas là la place réservée à tout ce qui est magnifique et excellent?

— Je crains bien qu'alors nous ne nous rencontrions plus », dit le fils du roi, et il fit un gracieux signe d'adieu au pauvre garçon qui s'enfonça au plus épais de la forêt, où les épines écorchèrent son visage et déchirèrent sa jaquette, à laquelle il tenait, quelque minable qu'elle fût, parce qu'il n'en avait point d'autre.

Le fils du roi rencontra aussi bien des obstacles ; il fit quelques chutes et eut les mains en sang ; mais il était brave.

« J'irai jusqu'au bout du monde, s'il le faut, se dit-il ; mais je trouverai la cloche. »

Tout à coup, il aperçut juchés dans les arbres une bande de vilains singes qui lui firent d'affreuses grimaces et l'assourdirent de leurs cris discordants. « Battons-le, rossons-le, se disaient-ils ; c'est un fils de roi, mais il est seul. »

Lui s'avançait toujours, et ils n'osèrent pas l'attaquer. Bientôt il fut récompensé de ses peines. Il arriva sur une hauteur d'où il aperçut un merveilleux spectacle. D'un côté, les plus belles pelouses vertes où s'ébattaient des cerfs et des daims ; de place en place, de vastes touffes de lis, d'une blancheur éclatante, et de tulipes rouges, bleues et or ; au milieu, des boules de neige et autres arbustes dont les fleurs aux mille couleurs brillaient au soleil comme des bulles de savon ; tout autour, des chênes et des hêtres séculaires s'étendaient en cercle ; dans le fond, un grand lac sur lequel nageaient avec majesté les plus beaux cygnes.

Le fils du roi s'était arrêté et restait en extase ; il entendit de nouveau la cloche ; elle ne paraissait pas bien éloignée. Il crut d'abord qu'elle était près du lac, il écouta avec attention ; non, le son ne venait pas de là.

Le soleil approchait de son déclin ; le ciel était tout rouge, comme enflammé ; un grand silence se fit. Le fils du roi se mit à genoux et dit sa prière du soir. « Oh ! Dieu, dit-il, ne me ferez-vous pas trouver ce que je cherche avec tant d'ardeur ? Voilà la nuit, la sombre nuit. Mais je vois là-bas un rocher élevé, qui dépasse les cimes des arbres les plus hauts. Je vais y monter ; peut-être, avant que le soleil disparaisse de l'horizon, atteindrai-je le but de mes efforts. »

Et, s'accrochant aux racines, aux branches, aux angles des roches, au milieu des couleuvres, des crapauds et autres vilaines bêtes, il grimpa et il arriva au sommet, haletant, épuisé.

Quelle splendeur se découvrit à ses yeux !

La mer, la mer immense et magnifique s'étendait à perte de vue, roulant ses longues vagues contre la falaise. A l'horizon, le soleil, pareil à un globe de feu, couvrait de flammes rouges le ciel qui semblait s'étendre comme une vaste coupole sur ce sanctuaire de la nature ; les arbres de la forêt en étaient les piliers ; les pelouses fleuries formaient comme un riche tapis couvrant le chœur. Le soleil disparut lentement ; des millions de lumières étincelèrent bientôt au firmament, la lune parut, et le spectacle était toujours grandiose et émouvant.

Le fils du roi s'agenouilla et adora le créateur de ces merveilles. Voilà que sur la droite, apparaît le pauvre garçon aux sabots ; lui aussi, à sa façon, il avait trouvé le chemin du temple. Tous deux, ils se saisirent par la main et restèrent perdus dans l'admiration de toute cette poésie enivrante.

Et, de toutes parts, ils se sentaient entourés des sons de la cloche divine ; c'étaient les bruits des vagues, des arbres, du vent ; c'était le mouvement qui animait cette nature simple et grandiose. Audessus d'eux, ils croyaient entendre les *alleluia* des anges du ciel.

LES HABITS NEUFS DE L'EMPEREUR

Il y avait autrefois un empereur qui aimait tant les habits neufs, qu'il dépensait tout son argent à sa toilette. Lorsqu'il passait ses soldats en revue, lorsqu'il allait au spectacle ou à la promenade, il n'avait d'autre but que de montrer ses habits neufs. A chaque heure de la journée, il changeait de vêtements, et comme on dit d'un roi : « Il est au conseil », on disait de lui : « L'empereur est à sa garde-robe. » La capitale était une ville bien gaie, grâce à la quantité d'étrangers qui passaient; mais un jour il y vint aussi deux fripons qui se donnèrent pour des tisserands et déclarèrent savoir tisser la plus magnifique étoffe du monde. Non seulement les couleurs et le dessin étaient extraordinairement beaux, mais les vêtements confectionnés avec cette étoffe possédaient une qualité merveilleuse : ils devenaient invisibles pour toute personne qui ne savait pas bien exercer son emploi ou qui avait l'esprit trop borné.

« Ce sont des habits impayables, pensa l'empereur; grâce à eux, je pourrai connaître les hommes incapables de mon gouvernement : je saurai distinguer les habiles des niais. Oui, cette étoffe m'est indispensable. »

Puis il avança aux deux fripons une forte somme afin qu'ils pussent commencer immédiatement leur travail.

Ils dressèrent en effet deux métiers, et firent semblant de travailler, quoiqu'il n'y eût absolument rien sur les bobines. Sans cesse ils demandaient de la soie fine et de l'or magnifique; mais ils mettaient tout cela dans leur sac, travaillant jusqu'au milieu de la nuit avec des métiers vides.

« Il faut cependant que je sache où ils en sont », se dit l'empereur.

Mais il se sentait le cœur serré en pensant que les personnes niaises ou incapables de remplir leurs fonctions ne pourraient voir l'étoffe. Ce n'était pas qu'il doutât de lui-même; toutefois il jugea à propos d'envoyer quelqu'un pour examiner le travail avant lui. Tous les habitants de la ville connaissaient la qualité merveilleuse de l'étoffe, et tous brûlaient d'impatience de savoir combien leur voisin était borné ou incapable.

« Je vais envoyer aux tisserands mon bon vieux ministre, pensa l'empereur, c'est lui qui peut le mieux juger l'étoffe; il se distingue autant par son esprit que par ses capacités. »

L'honnête vieux ministre entra dans la salle où les deux imposteurs travaillaient avec les métiers vides.

« Bon Dieu! pensa-t-il en ouvrant de grands yeux, je ne vois rien. » Mais il n'en dit mot.

Les deux tisserands l'invitèrent à s'approcher, et lui demandèrent comment il trouvait le dessin et les couleurs. En même temps ils montrèrent leurs métiers, et le vieux ministre y fixa ses regards; mais il ne vit rien, pour la raison bien simple qu'il n'y avait rien.

« Bon Dieu! pensa-t-il, serais-je vraiment borné? Il faut que personne ne s'en doute. Serais-je vraiment incapable? Je n'ose avouer que l'étoffe est invisible pour moi.

— Eh bien! qu'en dites-vous? dit l'un des tisserands.

— C'est charmant, c'est tout à fait charmant! répondit le ministre en mettant ses lunettes. Ce dessin et ces couleurs... oui, je dirai à l'empereur que j'en suis très content.

— C'est heureux pour nous », dirent les deux tisserands ; et ils se mirent à lui montrer des couleurs et des dessins imaginaires en leur donnant des noms. Le vieux ministre prêta la plus grande attention, pour répéter à l'empereur toutes leurs explications.

Les fripons demandaient toujours de l'argent, de la soie et de l'or ; il en fallait énormément pour ce tissu. Bien entendu qu'ils empochèrent le tout ; le métier restait vide et ils travaillaient toujours.

Quelque temps après, l'empereur envoya un autre fonctionnaire honnête pour examiner l'étoffe et voir si elle s'achevait. Il arriva à ce nouveau député la même chose qu'au ministre ; il regardait et regardait toujours, mais ne voyait rien.

« N'est-ce pas que le tissu est admirable ? demandèrent les deux imposteurs en montrant et expliquant le superbe dessin et les belles couleurs qui n'existaient pas.

— Cependant je ne suis pas niais ! pensait l'homme. C'est donc que je ne suis pas capable de remplir ma place ? C'est assez drôle, mais je prendrai bien garde de la perdre. »

Puis il fit l'éloge de l'étoffe, et témoigna toute son admiration pour le choix des couleurs et le dessin.

« C'est d'une magnificence incomparable », dit-il à l'empereur, et toute la ville parla de cette étoffe extraordinaire.

Enfin, l'empereur lui-même voulut la voir pendant qu'elle était encore sur le métier. Accompagné d'une foule d'hommes choisis, parmi lesquels se trouvaient les deux honnêtes fonctionnaires, il se rendit auprès des adroits filous qui tissaient toujours, mais sans fil de soie ni d'or, ni aucune espèce de fil.

« N'est-ce pas que c'est magnifique ! dirent les deux honnêtes fonctionnaires. Le dessin et les couleurs sont dignes de Votre Altesse. »

Et ils montrèrent du doigt le métier vide, comme si les autres avaient pu y voir quelque chose.

« Qu'est-ce donc ? pensa l'empereur, je ne vois

rien. C'est terrible. Est-ce que je ne serais qu'un niais ? Est-ce que je serais incapable de gouverner ? Jamais rien ne pouvait m'arriver de plus malheureux. » Puis tout à coup il s'écria : C'est magnifique ! J'en témoigne ici toute ma satisfaction. »

Il hocha la tête d'un air content, et regarda le métier sans oser dire la vérité. Tous les gens de sa suite regardèrent de même, les uns après les autres, mais sans rien voir, et ils répétèrent comme l'empereur : « C'est magnifique ! » Ils lui conseillèrent même de revêtir cette nouvelle étoffe à la première grande procession. « C'est magnifique ! c'est charmant ! c'est admirable ! » exclamèrent toutes les bouches, et la satisfaction était générale.

Les deux imposteurs furent décorés, et reçurent le titre de gentilshommes tisserands.

Toute la nuit qui précéda le jour de la procession, ils veillèrent et travaillèrent à la clarté de seize bougies. La peine qu'ils se donnaient était visible à tout le monde. Enfin, ils firent semblant d'ôter l'étoffe du métier, coupèrent dans l'air avec de grands ciseaux, cousirent avec une aiguille sans fil, après quoi ils déclarèrent que le vêtement était achevé.

L'empereur, suivi de ses aides de camp, alla l'examiner, et les filous, levant un bras en l'air comme s'ils tenaient quelque chose, dirent :

« Voici le pantalon, voici l'habit, voici le manteau. C'est léger comme de la toile d'araignée. Il n'y a pas de danger que cela vous pèse sur le corps, et voilà surtout en quoi consiste la vertu de cette étoffe.

— Certainement, répondirent les aides de camp ; mais ils ne voyaient rien, puisqu'il n'y avait rien.

— Si Votre Altesse daigne se déshabiller, dirent les fripons, nous lui essayerons les habits devant la grande glace. »

L'empereur se déshabilla, et les fripons firent semblant de lui présenter une pièce après l'autre. Ils lui prirent le corps comme pour lui attacher quelque chose. Il se tourna et se retourna devant la glace.

« Grand Dieu ! que cela va bien ! quelle coupe élégante ! s'écrièrent tous les courtisans. Quel dessin ! quelles couleurs ! quel précieux costume ! »

Le grand maître des cérémonies entra.

« Le dais sous lequel Votre Altesse doit assister à la procession est à la porte, dit-il.

— Bien ! je suis prêt, répondit l'empereur. Je crois que je ne suis pas mal ainsi. »

Et il se tourna encore une fois devant la glace pour bien regarder l'effet de sa splendeur.

Les chambellans qui devaient porter la queue firent semblant de ramasser quelque chose par terre ; puis ils élevèrent les mains, ne voulant pas convenir qu'ils ne voyaient rien du tout.

Tandis que l'empereur cheminait fièrement à la procession sous son dais magnifique, tous les hommes, dans la rue et aux fenêtres, s'écriaient : « Quel superbe costume ! Comme la queue en est gracieuse ? Comme la coupe en est parfaite ! » Nul ne voulait laisser voir qu'il ne voyait rien ; il aurait été déclaré niais ou incapable de remplir un emploi. Jamais les habits de l'empereur n'avaient excité une telle admiration.

« Mais il me semble qu'il n'a pas du tout d'habit, observa un petit enfant.

— Seigneur Dieu, entendez la voix de l'innocence ! » dit le père.

Et bientôt on chuchota dans la foule en répétant les paroles de l'enfant.

« Il y a un petit enfant qui dit que l'empereur n'a pas d'habit du tout !

— Il n'a pas du tout d'habit ! » s'écria enfin tout le peuple.

L'empereur en fut extrêmement mortifié, car il lui semblait qu'ils avaient raison. Cependant il se raisonna et prit sa résolution :

« Quoi qu'il en soit, il faut que je reste jusqu'à la fin ! »

Puis, il se redressa plus fièrement encore, et les chambellans continuèrent à porter avec respect la queue qui n'existait pas.

LES CYGNES SAUVAGES

Bien loin d'ici, là où s'envolent les hirondelles lorsque l'hiver arrive chez nous, demeurait un roi qui avait onze fils et une fille appelée Élisa. Les onze frères, tous princes, allaient à l'école, la poitrine ornée d'une large décoration et l'épée au côté. Ils écrivaient avec des crayons de diamant sur des tablettes d'or, et ils savaient réciter par cœur d'une manière parfaite; enfin tout chez eux annonçait qu'ils étaient des princes.

Leur sœur Élisa, assise sur un petit banc de cristal, s'amusait à regarder un livre d'images dont le prix égalait celui de la moitié du royaume.

Oui, ces enfants étaient bienheureux, mais ce bonheur ne devait pas durer toujours.

Leur père, qui était roi de tout le pays, épousa en secondes noces une méchante reine qui n'avait guère à cœur le bonheur des enfants. Dès le premier jour ils s'en aperçurent. Il y avait fête au château; les enfants jouaient et beaucoup d'étrangers affluaient; mais au lieu de donner aux enfants, comme à l'ordinaire, des gâteaux et des pommes rôties, elle leur fit servir du sable dans une tasse de thé, en disant qu'ils pouvaient faire comme si c'était quelque chose de bon.

La semaine suivante, elle envoya la petite Élisa à la campagne, chez des paysans; et, quelque temps après, elle dit tant de vilaines choses au roi sur le compte des pauvres princes, qu'il ne s'inquiétait plus d'eux.

« Envolez-vous par le monde, et tirez-vous d'affaire vous-mêmes, dit la méchante reine. Envolez-vous comme de grands oiseaux sans voix. »

Mais elle ne put leur faire autant de mal qu'elle aurait voulu, car ils se changèrent en onze magnifiques cygnes sauvages. Ils poussèrent un cri bizarre et s'élevèrent au-dessus du parc et de la forêt.

Le lendemain matin, ils passèrent devant la maison où leur sœur Élisa était couchée et dormait dans la chambre du paysan. Ils planèrent sur le toit, tendirent leur long cou et battirent des ailes. Mais personne ne les entendit ni ne les aperçut. Puis ils regagnèrent les nuages, s'envolèrent par le monde, et ne s'arrêtèrent que dans une grande forêt sombre qui s'étendait jusqu'au bord de la mer.

La pauvre petite Élisa jouait dans la chambre du paysan avec une feuille verte, car elle n'avait point d'autre joujou. Elle y fit un trou, et regarda au travers du côté du soleil. Elle crut apercevoir au loin les yeux brillants de ses frères; et, chaque fois qu'elle sentait sur ses joues les rayons de l'astre éblouissant, c'était pour elle comme si ses frères la couvraient de baisers.

Ainsi se passa un jour après l'autre. Si le vent agitait les grandes haies de roses plantées devant la maison, il leur soufflait : « Qu'y a-t-il au monde de plus joli que vous ? » Mais les roses secouaient la tête et répondaient : « La petite Élisa. » Le dimanche, lorsque la vieille était assise devant sa porte, lisant son livre de prières, le vent tournait les feuilles et disait au livre : « Qui peut être plus pieux que vous ? » Le livre de prières répondait : « La petite Élisa »; et lui, comme les roses, disait la vérité.

Ayant atteint l'âge de quinze ans, Élisa retourna au château. La reine, voyant sa beauté, se mit fort en colère et conçut pour elle une haine terrible. Elle aurait bien voulu la changer, comme ses frères, en cygne sauvage; mais elle ne l'osait pas encore; car le roi avait grand désir de voir sa fille.

Le lendemain matin, la reine se rendit à la salle de bains, qui était construite de marbre, ornée de coussins moelleux et de tapis magnifiques. Là, elle prit trois crapauds, déposa un baiser sur chacun d'eux, et dit à l'un : « Place-toi sur la tête d'Élisa, lorsqu'elle viendra au bain, afin qu'elle devienne aussi stupide que toi. » — « Place-toi sur son front, dit-elle à l'autre, afin qu'elle devienne aussi laide que toi, et que son père ne puisse la reconnaître. » — « Pose-toi sur son cœur, souffla-t-elle au troisième, et rends-la tellement méchante, qu'elle en ait beaucoup de tourment. »

Ensuite elle jeta les crapauds dans l'eau claire, qui aussitôt devint verdâtre, appela Élisa, la déshabilla et l'y plongea.

A l'instant même un des crapauds se plaça sur ses cheveux, l'autre sur son front, et le troisième sur son cœur; mais Élisa ne parut pas s'en apercevoir. Lorsqu'elle se leva, trois fleurs rouges de pavot apparurent à la surface de l'eau. Si les animaux n'avaient pas été venimeux et embrassés par la sorcière, c'est en roses gracieuses qu'ils eussent été changés. Ils étaient devenus fleurs en touchant la tête et le cœur de la jeune fille, car elle était trop pieuse et trop innocente pour que la magie pût exercer sur elle aucune influence.

La méchante reine, voyant ses maléfices impuissants, se mit à frotter la jeune fille avec du jus de noix, ce qui lui rendit la peau toute noire. Puis elle enduisit son charmant visage d'un onguent fétide et embrouilla sa belle chevelure, de sorte qu'il était impossible de la reconnaître.

Aussi son père, en la voyant, s'effraya et dit que ce n'était pas là sa fille. Il n'y avait personne qui la reconnût, excepté le chien de garde et les hirondelles; mais que pouvaient dire en sa faveur ces pauvres animaux?

Alors Élisa pleura et pensa à ses onze frères qui

tous étaient absents. Profondément affligée, elle s'échappa du château, traversa les champs et les marais, et s'enfonça dans une vaste forêt. Elle ne savait pas où elle voulait aller; son unique désir était de retrouver ses frères, qui sans doute, comme elle, avaient été chassés dans le monde.

La nuit arriva bientôt. La jeune fille avait perdu son chemin; épuisée de fatigue, elle se coucha sur le gazon moelleux, fit sa prière du soir et appuya sa tête sur un tronc d'arbre. Partout régnait un profond silence; l'air était doux, et plus de cent vers luisants brillaient dans l'herbe et sur la mousse, comme de petits feux verdâtres. Elle toucha de sa main une branche, et ces insectes brillants tombèrent sur elle comme des étoiles filantes. Toute la nuit, Élisa rêva de ses frères, qu'elle voyait jouer comme des enfants, écrire avec leurs crayons de diamant sur des tablettes d'or et feuilleter le magnifique livre d'images qui valait la moitié du royaume. Mais, au lieu d'écrire sur les tablettes, comme autrefois, des zéros et des lignes, ils y traçaient maintenant les actions les plus courageuses, par lesquelles ils s'étaient distingués, et tout ce qu'ils avaient vu et éprouvé. Dans le livre d'images, tout était vivant : les oiseaux chantaient, et les personnages quittaient leur place pour venir parler à Élisa et à ses frères. Mais aussitôt qu'elle tournait la feuille, ils rentraient promptement dans leur cadre, pour qu'il n'y eût point de confusion dans les images.

En se réveillant, Élisa remarqua que le soleil était levé depuis longtemps; elle ne put néanmoins le voir, à cause des grands arbres qui étendaient leurs branches sur sa tête. Mais ses rayons les perçaient, semblables à une gaze d'or soulevée par le vent. La verdure répandit un parfum délicieux, et les oiseaux venaient se poser sur les épaules de la jeune fille.

Elle entendait murmurer l'eau qui coulait de plusieurs grandes sources et se rendait dans un lac dont le fond était du sable le plus fin. Bien qu'entouré d'épaisses broussailles, ce lac était accessible par un endroit où les cerfs avaient pratiqué une large ouverture. C'est par cette ouverture qu'Élisa arriva au bord de cette eau, tellement limpide que, si le vent n'avait pas agité les branches et les buissons, elles les aurait crus peints au fond.

Dès qu'elle aperçut sa propre figure si noire et si laide, elle recula d'horreur ; mais lorsqu'elle eut mouillé sa petite main et frotté ses yeux et son front, la blancheur de sa peau reparut aussitôt. Puis, quittant ses vêtements, elle se baigna dans l'eau fraîche. Jamais fille de roi n'avait été plus belle qu'elle.

S'étant rhabillée et ayant formé une tresse de ses longs cheveux, Élisa se rendit près d'une source jaillissante, but dans le creux de sa main, et s'enfonça dans la forêt, sans savoir où elle allait.

Elle pensait à ses frères et au bon Dieu, qui certes ne l'abandonnerait pas, lui qui fait croître les pommiers sauvages pour satisfaire la faim de l'homme fugitif. Il lui fit découvrir un de ces arbres, dont les branches pliaient sous le poids de leurs fruits ; et elle s'y arrêta pour prendre son dîner. Puis elle pénétra dans la partie la plus sombre de la forêt. Là, le silence était si profond, qu'elle entendait le bruit de son pas léger, le froissement de chaque feuille sèche qui se rencontrait sous ses pieds. On ne voyait pas un seul oiseau, et pas un rayon de soleil ne pouvait pénétrer à travers les branches longues et épaisses. Les troncs des arbres se rapprochaient tellement, qu'en regardant devant elle, elle aurait pu se croire entourée d'une quantité de grilles formées par des poutres. C'était une solitude dont elle n'avait jamais eu l'idée.

La nuit devint d'une profonde obscurité ; aucun petit ver luisant ne brillait plus sur la mousse ; la tristesse dans l'âme, Élisa se coucha et ne tarda pas à s'endormir. Pendant son sommeil, il lui sembla que les branches s'écartaient au-dessus d'elle, et que le bon Dieu, entouré de petits anges gracieux, jetait sur elle un regard doux et pénétrant.

En s'éveillant, elle ne savait pas si tout cela était

un rêve ou une réalité. Elle continua son chemin et rencontra une vieille femme portant un panier rempli de fruits, et qui lui en offrit quelques-uns. Élisa lui demanda si elle n'avait pas vu onze princes à cheval traverser la forêt.

« Non, répondit la vieille : mais j'ai vu hier onze cygnes, avec des couronnes d'or sur la tête, nager dans un lac près d'ici. »

Elle conduisit la jeune fille à une pente au pied de laquelle serpentait un ruisseau ; les bords étaient couverts de grands arbres qui entrelaçaient leurs branches et les laissaient pencher sur l'eau. Élisa dit adieu à la vieille, et chemina le long du ruisseau jusqu'à l'endroit où il se jetait dans un grand bassin.

Maintenant la mer s'étendait dans toute sa magnificence devant les yeux de la jeune fille ; mais aucune voile, aucun bateau ne s'y faisait voir qui pût la porter plus loin. Elle regarda sur le rivage les innombrables petites pierres arrondies par l'eau. Le verre, le fer, les cailloux, tout avait reçu la même forme, quoique l'eau fût encore plus légère que la main délicate de la jeune fille.

« Ces petits objets roulent continuellement, disait-elle ; c'est ainsi que tout ce qui est dur devient poli. Moi aussi je serai infatigable. Merci de votre leçon, flots limpides et mobiles ; mon cœur me prédit qu'un jour vous me porterez auprès de mes frères chéris. »

Sur le goémon rejeté par la mer, se trouvaient onze plumes de cygnes blancs arrosées de quelques gouttes d'eau ; était-ce de la rosée ou des larmes ? Nul ne pouvait le savoir. Élisa les ramassa et en fit un bouquet. Elle ne semblait pas s'apercevoir de la solitude du rivage ; car la mer, par ses variations perpétuelles, offrait en quelques heures un spectacle plus intéressant que celui de plusieurs lacs pendant toute une année. Chaque fois qu'apparaissait quelque grand nuage noir, la mer semblait dire : « Moi aussi, je peux prendre cet aspect. » Alors le vent agitait les flots, et ils se couvraient d'une blanche écume. Si, au contraire, les nuages étaient rouges et le vent calme, la mer ressemblait à une feuille de rose, elle devenait tantôt verte, tantôt blanche. Au milieu du plus grand calme, un léger mouvement se faisait cependant sentir au rivage, et l'eau s'y soulevait doucement, comme la poitrine d'un enfant endormi.

Au coucher du soleil, Élisa aperçut onze cygnes sauvages avec des couronnes d'or sur la tête, qui s'approchaient de la côte. Ils volaient l'un derrière l'autre comme un long ruban blanc. A cette vue, elle gravit la pente et se cacha derrière un buisson. Bientôt les cygnes se posèrent auprès d'elle en battant de leurs grandes ailes blanches.

Au moment où le soleil disparut derrière l'eau, le plumage des oiseaux tomba, et ils devinrent onze beaux princes, les frères d'Élisa. Elle poussa un cri en les reconnaissant ; elle se jeta dans leurs bras, en les appelant par leurs noms. Eux aussi furent bien heureux de retrouver leur petite sœur si grande et si embellie ; ils riaient et pleuraient tour à tour, et ils comprirent bientôt qu'ils étaient tous victimes de la méchanceté de leur belle-mère.

« Nous volons, dit l'aîné, sous l'apparence de cygnes sauvages, tant que le soleil brille dans le ciel ; mais, dès qu'il a disparu, nous reprenons la forme humaine. C'est pourquoi nous devons toujours au coucher du soleil chercher un point d'appui pour nos pieds ; car, en continuant à voler vers les nuages, nous retomberions comme des hommes dans l'abîme. Nous ne demeurons pas dans cet endroit ; nous habitons, au-delà de la mer, un pays aussi beau que celui-ci, mais la route est bien longue ; pour y arriver il faut que nous traversions la vaste mer, sans trouver aucune île où nous puissions passer la nuit. Un seul rocher, étroit et solitaire, où nous tenons à peine, serrés les uns contre les autres, s'élève au milieu des flots. Lorsque la mer est grosse, nous sommes parfois couverts par les vagues ; et cependant nous remercions Dieu de cet asile. Là, nous passons la nuit sous forme humaine. C'est le seul moyen qui nous reste de revoir notre chère patrie, car il nous faut, pour faire notre traversée, les deux plus longs jours de l'année. Il ne nous est permis de visiter notre pays natal qu'une fois par an; pendant onze jours nous pouvons rester ici, et alors nous nous élevons au-dessus de la grande forêt, d'où nous apercevons le château qui nous a vus naître, et où réside notre père, la haute tour de l'église où notre mère a été enterrée. Les arbres et les buissons semblent être nos parents; les chevaux sauvages courent dans les prairies, comme du temps de notre enfance; les charbonniers y entonnent encore les vieilles chansons que nous écoutions avec tant de plaisir; enfin, c'est ici notre patrie, vers laquelle nous tendons toujours, et où nous venons de te retrouver, bonne petite sœur. Nous avons encore deux jours à rester; puis il faudra partir pour un pays magnifique, mais qui n'est pas notre patrie. Comment t'emmener par-delà la mer? Nous n'avons ni vaisseau ni barque.

— Que pourrais-je faire pour vous sauver? » dit la sœur. Et ils s'entretinrent presque toute la nuit sur les moyens d'accomplir leur délivrance, ne donnant que quelques heures au sommeil.

Élisa fut réveillée par le bruit des ailes des cygnes qui s'envolaient au-dessus d'elle. Ses frères, transformés de nouveau, s'éloignaient en traçant de grands cercles dans les airs. L'un d'eux seulement, le plus jeune, resta auprès d'elle. Il posa sa tête dans le giron de la pauvre fille, qui caressait ses blanches ailes, et ils passèrent ainsi toute la journée ensemble. Après ce soir, les autres revinrent, et, lorsque le soleil se fut couché, ils reprirent leur figure naturelle.

« Demain nous partons, dit l'aîné, et nous ne reviendrons qu'au bout d'un an. Nous ne voudrions pas te laisser ici; as-tu assez de courage pour nous suivre? Mon bras est assez fort pour te porter à travers la forêt, donc nos ailes réunies auront assez de force pour t'emporter au-delà de la mer.

— Oui, emmenez-moi », dit Élisa.

Les frères passèrent toute la nuit à tresser un filet avec l'écorce flexible du saule et les tiges du jonc. Élisa fut placée dedans, et, lorsque le soleil reparut, les frères, redevenus des cygnes sauvages, prirent le filet dans leurs becs et s'envolèrent jusqu'aux nuages avec leur sœur bien-aimée encore endormie. Comme les rayons du soleil tombaient d'aplomb sur sa figure, l'un des cygnes vola au-dessus de sa tête pour l'ombrager de ses larges ailes.

Lorsque Élisa se réveilla, les cygnes étaient déjà loin de la terre; elle croyait rêver encore, tant il lui paraissait extraordinaire d'être ainsi portée au-dessus de la mer, si haut à travers les airs. Près d'elle se trouvait une branche chargée de fruits délicieux et un paquet de racines exquises, que le plus jeune de ses frères lui avait préparés. Aussi elle lui souriait avec reconnaissance, car elle avait reconnu que c'était lui qui volait au-dessus de sa tête, en l'ombrageant de ses ailes.

Les cygnes s'élevèrent si haut que le premier navire qu'ils aperçurent au-dessous d'eux leur parut une petite mouette sur l'eau. Derrière eux était un grand nuage semblable à une montagne; Élisa y vit son ombre et celle des onze cygnes, grandes comme des géants. C'était le tableau le plus admirable qu'elle eût jamais contemplé; mais, dès que le soleil se fut élevé davantage dans le ciel, cette image flottante s'évanouit.

Comme une flèche qui fend les airs, les onze cygnes volèrent toute la journée, plus lentement néanmoins qu'à l'ordinaire, puisqu'ils portaient leur sœur. Le temps devint mauvais, et la nuit approchait; Élisa vit avec inquiétude le soleil s'incliner vers l'horizon, sans apercevoir encore le rocher solitaire au milieu des flots. Il lui sembla aussi que les cygnes agitaient leurs ailes avec beaucoup plus d'efforts. Hélas! c'était elle qui les retardait; le soleil couché, ils redeviendraient hommes, tomberaient dans la mer et se noieraient. Elle adressa du fond du cœur une prière au bon Dieu, mais le rocher n'apparut pas encore. Le nuage noir s'approchait de plus en plus ; le vent annonçait une tempête, le tonnerre grondait, et un éclair suivait l'autre.

Déjà le soleil touchait à la mer, le cœur de la jeune fille palpitait. Les cygnes descendaient si rapidement, qu'elle croyait tomber ; mais bientôt ils reprirent leur vol. Le soleil était à moitié plongé dans l'eau lorsqu'elle aperçut le petit rocher, pas plus gros qu'un chien de mer qui montre sa tête au-dessus de l'eau. Le soleil ne ressemblait plus qu'à une simple étoile, quand elle posa les pieds sur le roc ; et, lorsqu'il s'éteignit tout à fait, comme la dernière étincelle d'un papier enflammé, elle vit ses frères autour d'elle, se tenant tous par la main. Il ne restait pas la moindre petite place vide. Les vagues battaient le rocher, et passaient sur leurs têtes comme une averse ; le ciel était en feu, le tonnerre grondait sans cesse. Mais la sœur et les frères, se tenant toujours par la main, entonnèrent un psaume, afin de reprendre courage et de se consoler.

A l'aube du jour, l'air devint calme et pur. Les cygnes s'envolèrent avec Élisa au moment où le soleil parut. La mer était encore agitée ; vue du haut des airs, sa blanche écume ressemblait à des milliers de cygnes bercés par les vagues.

Peu de temps après Élisa aperçut devant elle un pays montagneux qui semblait flotter dans l'air. Au milieu de brillants glaciers et de rochers escarpés, un château long s'élevait entouré de galeries superposées. Au pied de ce château s'étendaient des forêts de palmiers et poussaient des fleurs magnifiques, aussi grandes que les roues d'un moulin. La jeune fille demanda si c'était là le pays où ils se rendaient ; mais les cygnes secouèrent la tête pour dire non, car ce palais admirable, changeant continuellement d'aspect, n'était que la résidence de la fée Morgane. Jamais homme n'en avait franchi le seuil. Pendant qu'Élisa considérait ce spectacle, les montagnes, les forêts et le château s'écroulèrent tout à coup, et à leur place apparurent vingt églises superbes, toutes pareilles, avec leurs hautes tours et leurs fenêtres en ogive. Elle s'imagina entendre la musique de l'orgue, mais ce n'était que la musique des vagues. Elle était déjà tout près de ces églises, lorsque subitement elle les vit se transformer en une flotte complète qui naviguait au-dessous d'elle. Un moment après, il ne restait plus qu'un brouillard planant sur les eaux.

Enfin elle découvrit le pays où ils devaient se rendre. C'étaient des montagnes bleues avec des forêts de cèdres, des villes et des châteaux. Longtemps avant le coucher du soleil, elle se trouvait assise sur un rocher, devant une grande caverne entourée de plantes rampantes qui ressemblaient à des tapis brodés.

« Maintenant nous allons voir ce que tu rêveras cette nuit, dit le plus jeune des frères en montrant à Élisa sa chambre à coucher.

— Puissé-je rêver des moyens de vous venir en aide ! » répondit-elle ; et, cette pensée l'absorbant tout entière, elle se mit à invoquer l'appui du bon Dieu ; jusque dans son sommeil, elle ne cessa de prier.

Soudain, elle se crut enlevée bien haut dans les airs, jusqu'au palais nébuleux de la reine Morgane. La fée elle-même venait à sa rencontre, et, malgré sa beauté et sa splendeur, elle ressemblait à la vieille femme qui lui avait donné des fruits dans la forêt et lui avait parlé des onze cygnes aux couronnes d'or.

« Tes frères pourront être délivrés, dit la fée, mais il te faudra du courage et de la persévérance. Il est vrai que l'eau, plus légère que tes mains délicates, arrondit les pierres dures, mais elle ne ressent pas les douleurs que ressentiront tes doigts ; elle n'a pas de sensibilité et ne subit pas les tourments que tu endureras. Vois-tu l'ortie que je tiens à la main ? Il en pousse beaucoup de pareilles autour de la caverne où tu dors, mais celles qui viennent sur les tombes du cimetière sont les seules bonnes. N'oublie rien de ce que je te dis : tu les cueilleras, quoique ta peau, en les touchant, se couvre d'ampoules; tu les écraseras ensuite sous tes pieds pour en faire de la filasse avec laquelle tu tisseras onze tuniques à manches longues. Jette ces tuniques sur les onze cygnes sauvages, et le charme sera rompu. Mais rappelle-toi bien que, depuis le moment où tu auras commencé ce travail jusqu'à celui où il sera terminé, dût-il durer plusieurs années, il te faudra garder un silence absolu. Le premier mot sorti de ta bouche atteindrait le cœur de tes frères comme un poignard mortel. Ainsi, leur vie dépend de ta langue; n'oublie rien de mes avertissements. »

En même temps elle toucha de son ortie la main d'Élisa, qui se réveilla tout à coup, comme brûlée par le feu. Il faisait grand jour, et, près de l'endroit où elle avait dormi, se trouvait une ortie toute pareille à celle qu'elle avait vue dans son rêve. Alors la jeune fille se mit à genoux, remercia le bon Dieu, et sortit de la caverne pour commencer son travail.

Elle saisit de ses mains délicates les vilaines orties brûlantes et supporta volontiers la douleur pour sauver ses frères chéris. Elle écrasa ensuite chaque tige d'ortie avec ses pieds nus, et en fit de la filasse verte.

Dès que le soleil fut couché, les frères arrivèrent. Ils eurent grand-peur en retrouvant leur sœur tout à fait muette, et ils crurent d'abord que c'était un nouveau sortilège de leur belle-mère. Mais en apercevant ses mains, ils comprirent ce qu'elle faisait pour eux; le plus jeune se mit à verser des larmes sur elle, et, partout où tombèrent ses larmes, la douleur cessa et les ampoules disparurent.

Élisa passa toute la nuit à travailler, ne voulant prendre aucun repos avant d'avoir délivré ses frères.

Le lendemain, pendant l'absence des cygnes, elle resta dans sa solitude; cependant jamais les heures n'avaient coulé si vite pour elle. Bientôt une tunique fut achevée, elle se mit à la seconde.

Au milieu de sa besogne, le son du cor se fit

entendre dans les montagnes et remplit la jeune fille de terreur. Comme ce bruit se rapprochait de plus en plus, avec des aboiements de chiens, elle rentra promptement dans la caverne, ramassa toutes les orties, en fit un paquet, et s'assit dessus pour les cacher.

Un moment après, un gros chien sortit des broussailles, puis un autre, et un autre encore. Ils disparurent en aboyant, et revinrent bientôt après ; au bout de quelques minutes, tous les chasseurs arrivèrent, et le plus beau, qui était le roi du pays, s'approcha d'Élisa. Jamais il n'avait vu une aussi jolie fille.

« Comment es-tu venue ici, charmante enfant ? »

Élisa secoua la tête, car la vie de ses frères dépendait de son silence, et cacha ses mains sous son tablier pour que le roi ne découvrît pas ses souffrances.

« Viens avec moi, continua-t-il ; tu ne peux rester ici. Si tu es aussi bonne que tu es belle, je t'habillerai de soie et de velours, je mettrai une couronne d'or sur ta tête, et je te donnerai mon plus riche château pour résidence. »

Puis il la plaça sur son cheval. Elle pleurait et se tordait les mains, mais le roi dit : « Je ne veux que ton bonheur ; un jour tu m'en sauras gré. » Il partit à travers les montagnes, tenant la jeune fille devant lui, et suivi de tous les autres chasseurs.

A l'approche de la nuit, on aperçut la magnifique capitale avec ses églises et ses coupoles. Le roi conduisit Élisa dans son château, où des jets d'eau s'élevaient dans de hautes salles de marbre dont les murs et les plafonds étaient couverts de peintures admirables. Mais, au lieu de regarder toute cette magnificence, Élisa pleurait et se désolait. Cependant les dames du château la revêtirent d'habits royaux, tressèrent des perles dans ses cheveux et couvrirent ses mains blessées de gants fins et moelleux.

Elle était si admirablement belle dans cette parure

que tous les courtisans s'inclinèrent devant elle jusqu'à terre, et que le roi la choisit pour épouse, quoique l'archevêque secouât la tête en murmurant que cette jolie fille de la forêt n'était peut-être qu'une sorcière qui éblouissait les yeux et ensorcelait le cœur du roi.

Mais le roi, sans y prendre garde, fit jouer de la musique et servir les plats les plus exquis. Les plus belles filles du pays formèrent des danses autour d'Élisa et la conduisirent par des jardins parfumés dans des salons magnifiques. Cependant aucun sourire ne parut sur ses lèvres ou dans ses yeux ; la douleur seule s'y montrait comme son éternel partage.

Enfin le roi ouvrit la porte d'une petite chambre où Élisa devait dormir ; cette pièce était ornée de précieux tapis verts qui rappelaient exactement la caverne d'où elle sortait. Sur le sol se trouvait le paquet de filasse provenant des orties, et au plafond était suspendue la tunique qu'elle avait tissée. Un des chasseurs avait emporté tout cela comme des curiosités.

« Tu pourras rêver ici à ton ancienne demeure, dit le roi ; voici le travail qui t'a occupée ; au milieu de la splendeur qui t'entourera, tu seras contente de penser quelquefois au temps passé. »

En voyant les objets qu'elle avait tant à cœur de garder, Élisa sourit, et le sang reparut sur ses joues. Elle pensa au salut de ses frères, et baisa la main du roi, qui la pressa sur son cœur et fit annoncer leur mariage au son de toutes les cloches. La belle fille muette de la forêt était devenue la reine du pays. Il est vrai que quelques méchants propos arrivèrent jusqu'à l'oreille du roi, mais il ne les prit pas à cœur, et le mariage fut célébré. L'auteur de ces propos lui-même fut obligé de placer la couronne sur la tête d'Élisa, et il eut la méchanceté de la serrer outre mesure autour du front. Mais Élisa n'en ressentit aucune douleur, car il n'y avait pas pour elle d'autre tourment que la destinée de ses frères. Quoique sa bouche fût muette, puisqu'une seule parole leur eût coûté la vie, ses regards témoignaient une profonde affection pour le bon roi qui ne voulait que son bonheur. Tous les jours elle l'aimait de plus en plus : aussi elle aurait pu se confier à lui et lui raconter ses souffrances, mais il fallait qu'elle restât muette pour mener son œuvre à bonne fin. La nuit elle se rendait secrètement dans la petite chambre décorée comme la caverne, elle y acheva six tuniques l'une après l'autre. Elle allait recommencer la septième, lorsque la filasse manqua. Elle savait bien que les orties indispensables à son travail poussaient au cimetière, mais elle était obligée de les cueillir elle-même, et comment y arriver ?

« Ah ! qu'est-ce que la douleur de mes doigts en la comparant à celle de mon cœur ? je me risquerai ; le bon Dieu me viendra en aide. »

Tremblante comme si elle allait commettre une mauvaise action, elle se glisse à la lueur de la lune dans le jardin, parcourt les longues allées, traverse les rues solitaires, et arrive au cimetière. Elle y aperçoit, sur une des plus larges pierres tumulaires, un cercle d'affreuses sorcières qui déterrent les cadavres et en dévorent la chair. Élisa est obligée de passer devant elles ; les sorcières la poursuivent de leurs regards infernaux, mais la jeune fille récite sa prière, cueille les orties brûlantes, et les rapporte au château.

Mais un des courtisans l'avait vue ; il se persuada que la reine n'était qu'une sorcière qui avait trompé le roi et tout le peuple. Le roi eut bientôt connaissance de tout ce qui s'était passé ; deux grosses larmes roulaient sur ses joues, et il eut le cœur déchiré par un doute cruel. Pendant plusieurs nuits, il feignit de dormir ; mais il voyait Élisa se lever, et il la suivait tout doucement jusqu'à la petite chambre où elle entrait.

L'air du roi devint chaque jour plus sombre ; la pauvre reine s'en aperçut sans en deviner la cause, et ce chagrin vint encore augmenter les souffrances qu'elle éprouvait au sujet de ses frères. Ses larmes tombaient sur les velours et la pourpre comme des diamants étincelants ; cependant elle ne perdit pas courage, poursuivit son travail, et bientôt il ne manqua plus qu'une tunique. Il lui fallait aller une dernière fois au cimetière pour cueillir des orties. Elle songeait avec angoisse à ce voyage solitaire et aux affreuses sorcières, mais sa volonté était ferme comme sa confiance en Dieu.

Elle se mit donc en route, mais le roi et le méchant courtisan la suivirent. Ils la virent entrer dans le cimetière, et plus loin ils aperçurent les sorcières consommant leur épouvantable sacrilège. Le roi se détourna avec horreur, en pensant que la tête qui s'était reposée sur sa poitrine appartenait à l'un de ces monstres.

« Que le peuple la juge ! » s'écria-t-il ; et le peuple la condamna aux flammes.

Arrachée aux salles splendides, la malheureuse fut conduite dans un cachot horrible, où le vent sifflait à travers une fenêtre grillée. Au lieu de velours et de soie, elle n'eut pour coussin que le paquet d'orties qu'elle venait de cueillir. Les tuniques brûlantes qu'elle avait tissées durent lui servir de couvertures, et cependant il était impossible de rien lui offrir de plus agréable. Elle reprit son travail, en adressant des prières au ciel. En attendant, les enfants entonnaient dans la rue des chansons injurieuses pour elle, et pas une âme ne la consolait par une parole affectueuse.

Soudain, vers le soir, une aile de cygne apparut près de la petite fenêtre ; c'était le plus jeune des frères qui avait retrouvé sa sœur. Élisa se mit à sangloter de joie, bien que la nuit prochaine dût être pour elle la dernière ; mais son travail était presque achevé, et ses frères n'étaient pas loin.

On envoya près d'elle un magistrat pour qu'elle fît la confession de ses crimes. A la vue de cet homme, Élisa secoua la tête en le priant du regard et du geste de ne pas insister. Elle devait, cette dernière nuit, terminer son travail, sans quoi ses tourments, ses larmes, et ses longues veillées, tout eût été perdu. Le magistrat se retira donc en proférant des menaces; mais Élisa, forte de son innocence, continua sa tâche.

Les petites souris apportèrent à ses pieds les orties pour lui venir en aide, et un merle, posé sur la grille de la fenêtre, chanta toute la nuit pour soutenir son courage.

Une heure avant le lever du soleil, les onze frères se présentèrent à la porte du château, demandant à être introduits près du roi. On leur répondit que c'était impossible; il faisait encore nuit, le roi dormait, et personne n'oserait le réveiller. Ils prièrent et menacèrent, de sorte qu'on fut obligé d'appeler les gardes. A ce bruit, le roi sortit et demanda ce qu'il y avait; mais, au même instant, le soleil se montra, et les onze frères disparurent : seulement, onze cygnes sauvages s'élevèrent au-dessus du château.

La foule accourut aux portes de la ville pour voir brûler la sorcière. Un cheval décharné traînait la charrette où elle était assise, affublée d'une blouse de grosse toile. Sa longue et belle chevelure tombait autour de sa tête, ses joues étaient d'une pâleur mortelle, et ses lèvres s'agitaient doucement, tandis que ses doigts tissaient toujours la filasse verte. Même sur le chemin de la mort, elle n'avait pas voulu interrompre son travail. Les dix tuniques étaient à ses pieds; elle achevait la onzième.

Cependant la populace se moquait d'elle et l'injuriait. « Regardez donc comme elle marmotte, la sorcière! Ce n'est pas un livre de prières qu'elle tient à la main! Elle continue ses maléfices jusqu'au dernier moment. Arrachons-lui cette mauvaise étoffe pour la déchirer en mille morceaux! »

Des mains brutales allaient saisir l'infortunée, lorsque parurent les onze cygnes blancs; ils se placèrent autour d'elle, sur la charrette, et agitèrent leurs grandes ailes. La foule recula effrayée.

« C'est un avertissement du ciel; elle est sans doute innocente », dirent quelques-uns tout bas;

mais personne n'osait répéter ces paroles à haute voix.

En ce moment le bourreau prit la main de la victime ; alors elle jeta promptement les onze tuniques sur les cygnes, et, à l'instant même, ils se changèrent en onze beaux princes. Le plus jeune avait encore une aile à la place d'un bras, une des manches de la tunique n'était pas achevée.

« Je puis donc parler, s'écria l'heureuse sœur ; sachez que je suis innocente. »

Et le peuple, voyant ce qui se passait, s'inclina devant elle comme devant une sainte ; mais la reine, succombant à tant d'émotion, tomba évanouie dans les bras de ses frères.

« Oui, elle est innocente ! » dit le frère aîné, et il raconta toute la vérité. Pendant son récit, il se répandait un parfum pareil à celui de mille roses, car chacun des morceaux de bois qui formaient le bûcher avait pris tout à coup racine et se couvrait de feuilles et de fleurs. Le lieu du supplice s'était transformé en un épais bosquet de rosiers rouges, au-dessus desquels brillait une fleur blanche comme une étoile. Le roi cueillit cette fleur et la posa sur le cœur d'Élisa, qui revint à elle et qui montra sur sa figure l'expression de la paix et du bonheur.

Toutes les cloches des églises se mirent en branle d'elles-mêmes ; les oiseaux accoururent en bandes joyeuses, et jamais roi n'eut un cortège comme celui qui ramena au château les deux jeunes époux.

LA BERGÈRE ET LE RAMONEUR

Avez-vous jamais vu une de ces armoires antiques, toutes noires de vieillesse, à enroulements et à feuillage ? C'était précisément une de ces armoires qui se trouvait dans la chambre : elle venait de la trisaïeule, et de haut en bas elle était ornée de roses et de tulipes sculptées. Mais ce qu'il y avait de plus bizarre, c'étaient les enroulements, d'où sortaient de petites têtes de cerf avec leurs grandes cornes. Au milieu de l'armoire on voyait sculpté un homme d'une singulière apparence : il ricanait toujours, car on ne pouvait pas dire qu'il riait. Il avait des jambes de bouc, de petites cornes à la tête et une longue barbe. Les enfants l'appelaient le Grand-général-commandant-en-chef-Jambe-de-Bouc, nom qui peut paraître long et difficile, mais titre dont peu de personnes ont été honorées jusqu'à présent. Enfin, il était là, les yeux toujours fixés sur la console placée sous la grande glace, où se tenait debout une gracieuse petite bergère de porcelaine. Elle portait des souliers dorés, une robe parée d'une rose toute fraîche, un chapeau d'or et une houlette : elle était charmante. Tout à côté d'elle se trouvait un petit ramoneur noir comme du charbon, mais pourtant de porcelaine aussi. Il était aussi gentil, aussi propre que vous et moi ; car il n'était en réalité que le portrait d'un ramoneur. Le fabricant de porcelaine aurait tout aussi bien pu faire de lui un prince ; ce qui lui aurait été vraiment bien égal.

Il tenait gracieusement son échelle sous son bras, et sa figure était rouge et blanche comme celle d'une petite fille ; ce qui ne laissait pas d'être un défaut qu'on aurait dû éviter en y mettant un peu de noir. Il touchait presque la bergère : on les avait placés où ils étaient, et, là où on les avait posés, ils s'étaient fiancés. Aussi l'un convenait très bien à l'autre : c'étaient des jeunes gens faits de la même porcelaine et tous deux également faibles et fragiles.

Non loin d'eux se trouvait une autre figure trois fois plus grande : c'était un vieux Chinois qui savait hocher la tête. Lui aussi était de porcelaine ; il prétendait être le grand-père de la petite bergère, mais il n'avait jamais pu le prouver. Il soutenait qu'il avait tout pouvoir sur elle, et c'est pourquoi il avait répondu par un aimable hochement de tête au Grand-général-commandant-en-chef-Jambe-de-Bouc, qui avait demandé la main de la petite bergère.

« Quel mari tu auras là ! dit le vieux Chinois, quel mari ! Je crois quasi qu'il est d'acajou. Il fera de toi madame la Grande-générale-commandante-en-chef-Jambe-de-Bouc ; il a toute son armoire remplie d'argenterie, sans compter ce qu'il a caché dans les tiroirs secrets.

— Je n'entrerai jamais dans cette sombre armoire, dit la petite bergère ; j'ai entendu dire qu'il y a dedans onze femmes de porcelaine.

— Eh bien ! tu seras la douzième, dit le Chinois. Cette nuit, dès que la vieille armoire craquera, on fera la noce, aussi vrai que je suis un Chinois. »

Et là-dessus il hocha la tête et s'endormit.

Mais la petite bergère pleurait en regardant son bien-aimé, le ramoneur.

« Je t'en prie, dit-elle, aide-moi à m'échapper dans le monde, nous ne pouvons plus rester ici.

— Je veux tout ce que tu veux, dit le petit ramoneur. Sauvons-nous tout de suite ; je pense bien que je saurai te nourrir avec mon état.

— Pourvu que nous descendions heureusement de la console, dit-elle. Je ne serai jamais tranquille tant que nous ne serons pas hors d'ici. »

Et il la consola, et il lui montra comment elle devait poser son petit pied sur les rebords sculptés et sur le feuillage doré. Il l'aida aussi avec son échelle, et bientôt ils atteignirent le plancher. Mais, en se retournant vers la vieille armoire, ils virent que tout y était en révolution. Tous les cerfs sculptés allongeaient la tête, dressaient leurs bois et tournaient le cou. Le Grand-général-commandant-en-chef-Jambe-de-Bouc fit un saut et cria au vieux Chinois : « Les voilà qui se sauvent ! ils se sauvent ! »

Alors ils eurent peur et se réfugièrent dans le tiroir du marchepied de la fenêtre[1].

Là se trouvaient trois ou quatre jeux de cartes dépareillés et incomplets, puis un petit théâtre qui avait été construit tant bien que mal. On y jouait précisément une comédie, et toutes les dames, qu'elles appartinssent à la famille des carreaux ou des piques, des cœurs ou des trèfles, étaient assises aux premiers rangs et s'éventaient avec leurs tulipes ; derrière elles se tenaient tous les valets, qui avaient à la fois une tête en l'air et l'autre en bas, comme sur les cartes à jouer. Il s'agissait dans la pièce de deux jeunes gens qui s'aimaient, mais qui ne pouvaient arriver à se marier. La bergère pleura beaucoup, car elle croyait que c'était sa propre histoire.

« Ça me fait trop de mal, dit-elle. Il faut que je quitte le tiroir. »

Mais lorsqu'ils mirent de nouveau le pied sur le plancher et qu'ils jetèrent les yeux sur la console, ils aperçurent le vieux Chinois qui s'était réveillé et qui se démenait violemment.

« Voilà le vieux Chinois qui accourt ! s'écria la petite bergère, et elle tomba sur ses genoux de porcelaine, tout à fait désolée.

1. En Allemagne, on monte souvent à la fenêtre par une marche en bois dans laquelle est pratiqué un tiroir.

— J'ai une idée, dit le ramoneur. Nous allons nous cacher au fond de la grande cruche qui est là dans le coin. Nous y coucherons sur des roses et sur des lavandes, et s'il vient, nous lui jetterons de l'eau aux yeux.

— Non, ce serait inutile, lui répondit-elle. Je sais que le vieux Chinois et la Cruche ont été fiancés, et il reste toujours un fond d'amitié après de pareilles relations, même longtemps après. Non, il ne nous reste pas d'autre ressource que de nous échapper dans le monde.

— Et en as-tu réellement le courage ? dit le ramoneur. As-tu songé comme le monde est grand, et que nous ne pourrons plus jamais revenir ici ?

— J'ai pensé à tout », répliqua-t-elle.

Et le ramoneur la regarda fixement, et dit ensuite : « Le meilleur chemin pour moi est par la cheminée. As-tu réellement le courage de te glisser avec moi dans le poêle et de grimper le long des tuyaux ? C'est par-là seulement que nous arriverons dans la cheminée, et là je saurai bien me retourner. Il faudra monter aussi haut que possible, et tout à fait au haut nous parviendrons à un trou par lequel nous entrerons dans le monde. »

Il la conduisit à la porte du poêle : « Dieu ! qu'il y fait noir ! » s'écria-t-elle.

Cependant elle l'y suivit, et de là dans les tuyaux, où il faisait une nuit noire comme la suie.

« Nous voilà maintenant dans la cheminée, dit-il. Regarde, regarde là-haut la magnifique étoile qui brille. »

Il y avait en effet au ciel une étoile qui semblait par son éclat leur montrer le chemin : ils grimpaient, ils grimpaient toujours. C'était une route affreuse, si haute, si haute ! mais il la soulevait, il la soutenait, et lui montrait les meilleurs endroits où mettre ses petits pieds de porcelaine.

Ils arrivèrent ainsi jusqu'au rebord de la cheminée où ils s'assirent pour se reposer, tant ils étaient fatigués : et ils avaient bien de quoi l'être !

Le ciel avec toutes ses étoiles s'étendait au-dessus d'eux, et les toits de la ville s'inclinaient bien au-dessous. Ils promenèrent leur regard très loin tout autour d'eux, bien loin dans le monde. La petite bergère ne se l'était jamais figuré si vaste : elle appuyait sa petite tête sur le ramoneur et pleurait si fort que ses larmes tachèrent sa ceinture.

« C'est trop, dit-elle; c'est plus que je n'en puis supporter. Le monde est trop immense : oh! que ne suis-je encore sur la console près de la glace! Je ne serai pas heureuse avant d'y être retournée. Je t'ai suivi dans le monde; maintenant ramène-moi là-bas, si tu m'aimes véritablement. »

Et le ramoneur lui parla raison; il lui rappela le vieux Chinois, et le Grand-général-commandant-en-chef-Jambe-de-Bouc. Mais elle sanglotait si fort, et elle embrassa si bien son petit ramoneur, qu'il ne put faire autrement que de lui céder, quoique ce fût insensé.

Ils se mirent à descendre avec beaucoup de peine par la cheminée, se glissèrent dans les tuyaux, et arrivèrent au poêle. Ce n'était pas, certes, un voyage d'agrément, et ils s'arrêtèrent à la porte du poêle sombre pour écouter et apprendre ce qui se passait dans la chambre.

Tout y était bien tranquille : ils mirent la tête dehors pour voir. Hélas! le vieux Chinois gisait au milieu du plancher. Il était tombé en bas de la console en voulant les poursuivre, et il s'était brisé en trois morceaux. Tout le dos s'était détaché du reste du corps, et la tête avait roulé dans un coin. Le Grand-général-commandant-en-chef-Jambe-de-Bouc conservait toujours la même position et réfléchissait.

« C'est terrible, dit la petite bergère, le vieux grand-père s'est brisé, et c'est nous qui en sommes la cause! Oh! je ne survivrai jamais à ce malheur! »

Et elle tordait ses petites mains.

« On pourra encore le recoller, dit le ramoneur; oui, on pourra le recoller. Allons, ne te désole pas; si on lui recolle le dos et qu'on lui mette une bonne attache à la nuque, il deviendra aussi solide que s'il était tout neuf, et pourra encore nous dire une foule de choses désagréables.

— Tu crois ? » dit-elle.

Et ils remontèrent sur la console où ils avaient été placés de tout temps.

« Voilà où nous en sommes arrivés, dit le ramoneur; nous aurions pu nous épargner toute cette peine.

— Oh ! si seulement notre vieux grand-père était recollé ! dit la bergère. Est-ce que ça coûte bien cher ? »

Et le grand-père fut recollé. On lui mit aussi une bonne attache dans le cou, et il devint comme neuf. Seulement il ne pouvait plus hocher la tête.

« Vous faites bien le fier, depuis que vous avez été cassé, lui dit le Grand-général-commandant-en-chef-Jambe-de-Bouc. Il me semble que vous n'avez aucune raison de vous tenir si roide; enfin, voulez-vous me donner la main, oui ou non ? »

Le ramoneur et la petite bergère jetèrent sur le vieux Chinois un regard attendrissant : ils redoutaient qu'il ne se mît à hocher la tête; mais il ne le pouvait pas, et il aurait eu honte de raconter qu'il avait une attache dans le cou.

Grâce à cette infirmité, les deux jeunes gens de porcelaine restèrent ensemble; ils bénirent l'attache du grand-père, et ils s'aimèrent jusqu'au jour fatal où ils furent eux-mêmes brisés.

LES AMOURS D'UN FAUX COL

Il y avait une fois un élégant cavalier, dont tout le mobilier se composait d'un tire-botte et d'une brosse à cheveux. — Mais il avait le plus beau faux col qu'on eût jamais vu.

Ce faux col était parvenu à l'âge où l'on peut raisonnablement penser au mariage ; et un jour, par hasard, il se trouva dans le cuvier à lessive en compagnie d'une jarretière.

« Mille boutons ! s'écria-t-il, jamais je n'ai rien vu d'aussi fin et d'aussi gracieux. Oserai-je, mademoiselle, vous demander votre nom ?

— Que vous importe, répondit la jarretière.

— Je serais bien heureux de savoir où vous demeurez. »

Mais la jarretière, fort réservée de sa nature, ne jugea pas à propos de répondre à une question si indiscrète.

« Vous êtes, je suppose, une espèce de ceinture ? continua sans se déconcerter le faux col, et je ne crains pas d'affirmer que les qualités les plus utiles sont jointes en vous aux grâces les plus séduisantes.

— Je vous prie, monsieur, de ne plus me parler, je ne pense pas vous en avoir donné le prétexte en aucune façon.

— Ah ! mademoiselle, avec une aussi jolie personne que vous, les prétextes ne manquent jamais.

On n'a pas besoin de se battre les flancs : on est tout de suite inspiré, entraîné.

— Veuillez vous éloigner, monsieur, je vous prie, et cesser vos importunités.

— Mademoiselle, je suis un gentleman, dit fièrement le faux col; je possède un tire-botte et une brosse à cheveux. »

Il mentait impudemment : car c'était à son maître que ces objets appartenaient; mais il savait qu'il est toujours bon de se vanter.

« Encore une fois, éloignez-vous, répéta la jarretière, je ne suis pas habituée à de pareilles manières.

— Eh bien ! vous n'êtes qu'une prude ! » lui dit le faux col qui voulut avoir le dernier mot.

Bientôt après on les tira l'un et l'autre de la lessive, puis ils furent empesés, étalés au soleil pour sécher, et enfin placés sur la planche de la repasseuse.

La patine à repasser arriva[1].

« Madame, lui dit le faux col, vous m'avez positivement ranimé : je sens en moi une chaleur extraordinaire, toutes mes rides ont disparu. Daignez, de grâce, en m'acceptant pour époux, me permettre de vous consacrer cette nouvelle jeunesse que je vous dois.

— Imbécile ! » dit la machine en passant sur le faux col, avec la majestueuse impétuosité d'une locomotive qui entraîne des wagons sur le chemin de fer.

Le faux col était un peu effrangé sur ses bords, une paire de ciseaux se présenta pour l'émonder.

« Oh ! lui dit le faux col, vous devez être une première danseuse; quelle merveilleuse agilité vous avez dans les jambes ! Jamais je n'ai rien vu de plus charmant; aucun homme ne saurait faire ce que vous faites.

— Bien certainement, répondit la paire de ciseaux en continuant son opération.

1. Le mot qui désigne le fer à repasser en danois est féminin.

— Vous mériteriez d'être comtesse ; tout ce que je possède, je vous l'offre en vrai gentleman (c'est-à-dire moi, mon tire-botte et ma brosse à cheveux).

— Quelle insolence ! s'écria la paire de ciseaux ; quelle fatuité ! »

Et elle fit une entaille si profonde au faux col, qu'elle le mit hors de service.

« Il faut maintenant, pensa-t-il, que je m'adresse à la brosse à cheveux. »

« Vous avez, mademoiselle, la plus magnifique chevelure ; ne pensez-vous pas qu'il serait à propos de vous marier ?

— Je suis fiancée au tire-botte, répondit-elle.

— Fiancée ! » s'écria le faux col. — Il regarda autour de lui, et ne voyant plus d'autre objet à qui adresser ses hommages, il prit, dès ce moment, le mariage en haine.

Quelque temps après, il fut mis dans le sac d'un chiffonnier, et porté chez le fabricant de papier. Là, se trouvait une grande réunion de chiffons, les fins d'un côté, et les plus communs de l'autre. Tous ils avaient beaucoup à raconter, mais le faux col plus que pas un. Il n'y avait pas de plus grand fanfaron.

« C'est effrayant combien j'ai eu d'aventures, disait-il, et surtout d'aventures d'amour ! mais aussi j'étais un gentleman des mieux posés ; j'avais même un tire-botte et une brosse dont je ne me servais guère. Je n'oublierai jamais ma première passion : c'était une petite ceinture bien gentille et gracieuse au possible ; quand je la quittai, elle eut tant de chagrin qu'elle alla se jeter dans un baquet plein d'eau. Je connus ensuite une certaine veuve qui était littéralement tout en feu pour moi ; mais je lui trouvais le teint par trop animé, et je la laissai se désespérer si bien qu'elle en devint noire comme du charbon. Une première danseuse, véritable démon pour le caractère emporté, me fit une blessure terrible, parce que je me refusais à l'épouser ; enfin, ma brosse à cheveux s'éprit de moi si éperdument qu'elle en perdit tous ses crins. Oui, j'ai beaucoup vécu ; mais ce que je regrette surtout, c'est la jarretière... je veux dire la ceinture qui se noya dans le baquet. Hélas ! il n'est que trop vrai, j'ai bien des crimes sur la conscience ; il est temps que je me purifie en passant à l'état de papier blanc. »

Et le faux col fut, ainsi que les autres chiffons, transformé en papier. Mais la feuille provenant de lui n'est pas restée blanche : c'est précisément celle sur laquelle a été d'abord retracée sa propre histoire.

Tous ceux qui, comme lui, ont accoutumé de se glorifier de choses qui sont tout le contraire de la vérité, ne sont pas de même jetés au sac du chiffonnier, changés en papier et obligés, sous cette forme, de faire l'aveu public et détaillé de leurs hâbleries. Mais qu'ils ne se prévalent pas trop de cet avantage ; car, au moment même où ils se vantent, chacun lit sur leur visage, dans leur air et dans leurs yeux, aussi bien que si c'était écrit : « Il n'y a pas un mot de vrai dans ce que je vous dis. Au lieu de grand vainqueur que je prétends être, ne voyez en moi qu'un chétif faux col dont un peu d'empois et de bavardage composent tout le mérite. »

LA PRINCESSE SUR UN POIS

Il y avait une fois un prince qui voulait épouser une princesse, mais une princesse véritable. Il fit donc le tour du monde pour en trouver une, et, à la vérité, les princesses ne manquaient pas ; mais il ne pouvait jamais s'assurer si c'étaient de véritables princesses ; toujours quelque chose en elles lui paraissait suspect. En conséquence, il revint bien affligé de n'avoir pas trouvé ce qu'il désirait.

Un soir, il faisait un temps horrible, les éclairs se croisaient, le tonnerre grondait, la pluie tombait à torrents ; c'était épouvantable ! Quelqu'un frappa à la porte du château, et le vieux roi s'empressa d'ouvrir.

C'était une princesse. Mais grand Dieu ! comme la pluie et l'orage l'avaient arrangée ! L'eau ruisselait de ses cheveux et de ses vêtements, entrait par le nez dans ses souliers, et sortait par le talon. Néanmoins, elle se donna pour une véritable princesse.

« C'est ce que nous saurons bientôt ! » pensa la vieille reine. Puis, sans rien dire, elle entra dans la chambre à coucher, ôta toute la literie, et mit un pois au fond du lit. Ensuite, elle prit vingt matelas, qu'elle étendit sur le pois, et encore vingt édredons, qu'elle entassa par-dessus les matelas.

C'était la couche destinée à la princesse. Le lendemain matin, on lui demanda comment elle avait passé la nuit.

« Bien mal ! répondit-elle ; à peine si j'ai fermé les yeux de toute la nuit ! Dieu sait ce qu'il y avait dans le lit ; c'était quelque chose de dur qui m'a rendu la peau toute violette. Quel supplice ! »

A cette réponse, on reconnut que c'était une véritable princesse, puisqu'elle avait senti un pois à travers vingt matelas et vingt édredons. Quelle femme, sinon une princesse, pouvait avoir la peau aussi délicate ?

Le prince, bien convaincu que c'était une véritable princesse, la prit pour femme, et le pois fut placé dans le musée, où il doit se trouver encore, à moins qu'un amateur ne l'ait enlevé.

Voilà une histoire aussi véritable que la princesse !

LE VILAIN PETIT CANARD

Que la campagne était belle ! on était au milieu de l'été ; les blés agitaient des épis d'un jaune magnifique, l'avoine était verte, et dans les prairies le foin s'élevait en monceaux odorants ; la cigogne se promenait sur ses longues jambes rouges, en bavardant de l'égyptien, langue qu'elle avait apprise de madame sa mère. Autour des champs et des prairies s'étendaient de grandes forêts coupées de lacs profonds.

Oui vraiment, la campagne était bien belle. Les rayons du soleil éclairaient de tout leur éclat un vieux domaine entouré de larges fossés, et de grandes feuilles de bardane descendaient du mur jusque dans l'eau ; elles étaient si hautes que les petits enfants pouvaient se cacher dessous, et qu'au milieu d'elles on pouvait trouver une solitude aussi sauvage qu'au centre de la forêt. Dans une de ces retraites une cane avait établi son nid et couvait ses œufs ; il lui tardait bien de voir ses petits éclore. Elle ne recevait guère de visites ; car les autres aimaient mieux nager dans les fossés que de venir jusque sous les bardanes pour barboter avec elle.

Enfin les œufs commencèrent à crever les uns après les autres ; on entendait « pi-pip » : c'étaient les petits canards qui vivaient et tendaient leur cou au-dehors.

« Rap-rap », dirent-ils ensuite en faisant tout le bruit qu'ils pouvaient.

Ils regardaient de tous côtés sous les feuilles vertes, et la mère les laissa faire ; car le vert réjouit les yeux.

« Que le monde est grand ! dirent les petits nouveau-nés à l'endroit même où ils se trouvèrent au sortir de leur œuf.

— Vous croyez donc que le monde finit là ? dit la mère. Oh ! non, il s'étend bien plus loin, de l'autre côté du jardin, jusque dans le champ du curé ; mais je n'y suis jamais allée. Êtes-vous tous là ? continua-t-elle en se levant. Non, le plus gros œuf n'a pas bougé : Dieu ! que cela dure longtemps ! J'en ai assez. »

Et elle se remit à couver, mais d'un air contrarié.

« Eh bien ! comment cela va-t-il ? dit une vieille cane qui était venue lui rendre visite.

— Il n'y a plus que celui-là que j'ai toutes les peines du monde à faire crever. Regardez un peu les autres : ne trouvez-vous pas que ce sont les plus gentils petits canards qu'on ait jamais vus ? ils ressemblent tous d'une manière étonnante à leur père ; mais le coquin ne vient pas même me voir.

— Montrez-moi un peu cet œuf qui ne veut pas crever, dit la vieille. Ah ! vous pouvez me croire, c'est un œuf de dinde. Moi aussi, j'ai été trompée une fois comme vous, et j'ai eu toute la peine possible avec le petit ; car tous ces êtres-là ont affreusement peur de l'eau. Je ne pouvais parvenir à l'y faire entrer. J'avais beau le happer et barboter devant lui : rien n'y faisait. Que je le regarde encore : oui, c'est bien certainement un œuf de dinde. Laissez-le là, et apprenez plutôt aux autres enfants à nager.

— Non, puisque j'ai déjà perdu tant de temps, je puis bien rester à couver un jour ou deux de plus, répondit la cane.

— Comme vous voudrez », répliqua la vieille ; et elle s'en alla.

Enfin le gros œuf creva. « Pi-pip », fit le petit, et il

sortit. Comme il était grand et vilain ! La cane le regarda et dit : « Quel énorme caneton ! Il ne ressemble à aucun de nous. Serait-ce vraiment un dindon ? ce sera facile à voir : il faut qu'il aille à l'eau, quand je devrais l'y traîner. »

Le lendemain, il faisait un temps magnifique : le soleil rayonnait sur toutes les vertes bardanes ; la mère des canards se rendit avec toute sa famille au fossé. « Platsh ! » et elle sauta dans l'eau. « Rap-rap », dit-elle en suite, et chacun des petits plongea l'un après l'autre ; et l'eau se referma sur les têtes. Mais bientôt ils reparurent et nagèrent avec rapidité. Les jambes allaient toutes seules, et tous se réjouissaient dans l'eau, même le vilain grand caneton gris.

« Ce n'est pas un dindon, dit-elle. Comme il se sert habilement de ses jambes, et comme il se tient droit ! C'est mon enfant aussi : il n'est pas si laid, lorsqu'on le regarde de près. « Rap-rap ! » Venez maintenant avec moi : je vais vous faire faire votre entrée dans le monde et vous présenter dans la cour des canards. Seulement, ne vous éloignez pas de moi, pour qu'on ne marche pas sur vous, et prenez bien garde au chat. »

Ils entrèrent tous dans la cour des canards.

Quel bruit on y faisait ! Deux familles s'y disputaient une tête d'anguille, et à la fin ce fut le chat qui l'emporta.

« Vous voyez comme les choses se passent dans le monde », dit la cane en aiguisant son bec ; car elle aussi aurait bien voulu avoir la tête d'anguille. « Maintenant, remuez les jambes, continua-t-elle ; tenez-vous bien ensemble et saluez le vieux canard là-bas. C'est le plus distingué de tous ceux qui se trouvent ici. Il est de race espagnole, c'est pour cela qu'il est si gros, et remarquez bien ce ruban rouge autour de sa jambe : c'est quelque chose de magnifique, et la plus grande distinction qu'on puisse accorder à un canard. Cela signifie qu'on ne veut pas le perdre, et qu'il doit être remarqué par les animaux comme par les hommes. Allons, tenez-vous bien; non, ne mettez pas les pieds en dedans : un caneton bien élevé écarte les pieds avec soin; regardez comme je les mets en dehors. Inclinez-vous et dites : « Rap. »

Ils obéirent, et les autres canards qui les entouraient les regardaient et disaient tout haut : « Voyez un peu; en voilà encore d'autres, comme si nous n'étions déjà pas assez. Fi, fi donc! Qu'est-ce que ce canet-là? Nous n'en voulons pas. »

Et aussitôt un grand canard vola de son côté, se jeta sur lui et le mordit au cou.

« Laissez-le donc, dit la mère, il ne fait de mal à personne.

— D'accord; mais il est si grand et si drôle, dit l'agresseur, qu'il a besoin d'être battu.

— Vous avez là de beaux enfants, la mère, dit le vieux canard au ruban rouge. Ils sont tous gentils, excepté celui-là, il n'est pas bien venu : je voudrais que vous puissiez le refaire.

— C'est impossible, dit la mère cane. Il n'est pas beau, c'est vrai; mais il a un si bon caractère! et il nage dans la perfection; oui, j'oserais même dire mieux que tous les autres. Je pense qu'il grandira joliment et qu'avec le temps il se formera. Il est resté trop longtemps dans l'œuf, et c'est pourquoi il n'est pas très bien fait. »

Tandis qu'elle parlait ainsi, elle le tirait doucement par le cou, et lissait son plumage. « Du reste, c'est un canard, et la beauté ne lui importe pas tant. Je crois qu'il deviendra fort et qu'il fera son chemin dans le monde. Enfin, les autres sont gentils; maintenant, mes enfants, faites comme si vous étiez à la maison, et, si vous trouvez une tête d'anguille, apportez-la-moi. »

Et ils firent comme s'ils étaient à la maison.

Mais le pauvre canet qui était sorti du dernier œuf fut, pour sa laideur, mordu, poussé et bafoué, non seulement par les canards, mais aussi par les poulets.

« Il est trop grand », disaient-ils tous; et le coq d'Inde qui était venu au monde avec des éperons et qui se croyait empereur, se gonfla comme un bâtiment toutes voiles dehors, et marcha droit sur lui en grande fureur et rouge jusqu'aux yeux. Le pauvre canet ne savait s'il devait s'arrêter ou marcher : il eut bien du chagrin d'être si laid et d'être bafoué par tous les canards de la cour.

Voilà ce qui se passa dès le premier jour, et les choses allèrent toujours de pis en pis. Le pauvre canet fut chassé de partout : ses sœurs même étaient méchantes avec lui et répétaient continuellement : « Que ce serait bien fait si le chat t'emportait, vilaine créature ! » Et la mère disait : « Je voudrais que tu fusses bien loin. » Les canards le mordaient, les poulets le battaient, et la bonne qui donnait à manger aux bêtes le repoussait du pied.

Alors il se sauva, et prit son vol par-dessus la haie. Les petits oiseaux dans les buissons s'envolèrent de frayeur. « Et tout cela, parce que je suis vilain », pensa le caneton. Il ferma les yeux et continua son chemin. Il arriva ainsi au grand marécage qu'habitaient les canards sauvages. Il s'y coucha pendant la nuit, bien triste et bien fatigué.

Le lendemain, lorsque les canards sauvages se levèrent, ils aperçurent leur nouveau camarade. « Qu'est-ce que c'est que cela ? » dirent-ils ; le canet se tourna de tous côtés et salua avec toute la grâce possible.

« Tu peux te flatter d'être énormément laid ! dirent les canards sauvages ; mais cela nous est égal, pourvu que tu n'épouses personne de notre famille. »

Le malheureux ! est-ce qu'il pensait à se marier, lui qui ne demandait que la permission de coucher dans les roseaux et de boire de l'eau du marécage ?

Il passa ainsi deux journées. Alors arrivèrent dans cet endroit deux jars sauvages. Ils n'avaient pas encore beaucoup vécu ; aussi étaient-ils très insolents.

« Écoute, camarade, dirent ces nouveaux venus; tu es si vilain que nous serions contents de t'avoir avec nous. Veux-tu nous accompagner et devenir un oiseau de passage? Ici tout près, dans l'autre marécage, il y a des oies sauvages charmantes, presque toutes demoiselles, et qui savent bien chanter. Qui sait si tu n'y trouverais pas le bonheur, malgré ta laideur affreuse? »

Tout à coup on entendit « pif, paf! » et les deux jars sauvages tombèrent morts dans les roseaux, et l'eau devint rouge comme du sang.

« Pif, paf! » et des troupes d'oies sauvages s'envolèrent des roseaux. Et on entendit encore des coups de fusil. C'était une grande chasse; les chasseurs s'étaient couchés tout autour du marais; quelques-uns s'étaient même postés sur les branches d'arbres qui s'avançaient au-dessus des joncs. Une vapeur bleue semblable à de petits nuages sortait des arbres sombres et s'étendait sur l'eau; puis les chiens arrivèrent au marécage : « platsh, platsh »; et les joncs et les roseaux se courbaient de tous côtés. Quelle épouvante pour le pauvre caneton! Il plia la tête pour la cacher sous son aile; mais en même temps il aperçut devant lui un grand chien terrible : sa langue pendait hors de sa gueule, et ses yeux farouches étincelaient de cruauté. Le chien tourna la gueule vers le caneton, lui montra ses dents pointues et, « platsh, platsh », il alla plus loin sans le toucher.

« Dieu, merci! soupira le canard; je suis si vilain que le chien lui-même dédaigne de me mordre! »

Et il resta ainsi, pendant que le plomb sifflait à travers les joncs et que les coups de fusil se succédaient sans relâche.

Vers la fin de la journée seulement, le bruit cessa; mais le pauvre petit n'osa pas encore se lever. Il attendit quelques heures, regarda autour de lui, et se sauva du marais aussi vite qu'il put. Il passa au-dessus des champs et des prairies; une tempête furieuse l'empêcha d'avancer.

Sur le soir, il arriva à une misérable cabane de paysan, si vieille et si ruinée qu'elle ne savait pas de quel côté tomber : aussi restait-elle debout. La tempête soufflait si fort autour du caneton qu'il fut obligé de s'arrêter et de s'accrocher à la cabane : tout allait de mal en pis.

Alors il remarqua qu'une porte avait quitté ses gonds et lui permettait, par une petite ouverture, de pénétrer dans l'intérieur : c'est ce qu'il fit.

Là demeurait une vieille femme avec son matou et avec sa poule ; et le matou, qu'elle appelait son petit-fils, savait arrondir le dos et filer son rouet : il savait même lancer des étincelles, pourvu qu'on lui frottât convenablement le dos à rebrousse-poil. La poule avait des jambes fort courtes, ce qui lui avait valu le nom de Courte-Jambe. Elle pondait des œufs excellents, et la bonne femme l'aimait comme une fille.

Le lendemain, on s'aperçut de la présence du caneton étranger. Le matou commença à gronder, et la poule à glousser.

« Qu'y a-t-il ? » dit la femme en regardant autour d'elle. Mais, comme elle avait la vue basse, elle crut que c'était une grosse cane qui s'était égarée. « Voilà une bonne prise, dit-elle : j'aurai maintenant des œufs de cane. Pourvu que ce ne soit pas un canard ! Enfin, nous verrons. »

Et elle attendit pendant trois semaines ; mais les œufs ne vinrent pas. Dans cette maison, le matou était le maître et la poule la maîtresse ; aussi ils avaient l'habitude de dire : « Nous et le monde » ; car ils croyaient faire à eux seuls la moitié et même la meilleure moitié du monde. Le caneton se permit de penser que l'on pouvait avoir un autre avis ; mais cela fâcha la poule.

« Sais-tu pondre les œufs ? demanda-t-elle.

— Non.

— Eh bien ! alors, tu auras la bonté de te taire. »

Et le matou le questionna à son tour : « Sais-tu faire le gros dos ? sais-tu filer ton rouet et faire jaillir des étincelles ?

— Non.

— Alors tu n'as pas le droit d'exprimer une opinion, quand les gens raisonnables causent ensemble. »

Et le caneton se coucha tristement dans un coin; mais tout à coup un air vif et la lumière du soleil pénétrèrent dans la chambre, et cela lui donna une si grande envie de nager dans l'eau qu'il ne put s'empêcher d'en parler à la poule.

« Qu'est-ce donc? dit-elle. Tu n'as rien à faire, et voilà qu'il te prend des fantaisies. Ponds des œufs ou fais ron-ron, et ces caprices te passeront.

— C'est pourtant bien joli de nager sur l'eau, dit le petit canard; quel bonheur de la sentir se refermer sur sa tête et de plonger jusqu'au fond!

— Ce doit être un grand plaisir, en effet! répondit la poule. Je crois que tu es devenu fou. Demande un peu à Minet, qui est l'être le plus raisonnable que je connaisse, s'il aime à nager ou à plonger dans l'eau. Demande même à notre vieille maîtresse : personne dans le monde n'est plus expérimenté; crois-tu qu'elle ait envie de nager et de sentir l'eau se refermer sur sa tête?

— Vous ne me comprenez pas.

— Nous ne te comprenons pas? mais qui te comprendrait donc? Te croirais-tu plus instruit que Minet et notre maîtresse?

— Je ne veux pas parler de moi.

— Ne t'en fais pas accroire, enfant, mais remercie plutôt le créateur de tout le bien dont il t'a comblé. Tu es arrivé dans une chambre bien chaude, tu as trouvé une société dont tu pourrais profiter, et tu te mets à raisonner jusqu'à te rendre insupportable. Ce n'est vraiment pas un plaisir de vivre avec toi. Crois-moi, je te veux du bien : je te dis sans doute des choses désagréables; mais c'est à cela que l'on reconnaît ses véritables amis. Suis mes conseils, et tâche de pondre des œufs ou de faire ron-ron.

— Je crois qu'il me sera plus avantageux de faire mon tour dans le monde, répondit le canard.

— Comme tu voudras », dit le poulet.

Et le canard s'en alla nager et se plongea dans l'eau; mais tous les animaux le méprisèrent à cause de sa laideur.

L'automne arriva, les feuilles de la forêt devinrent jaunes et brunes : le vent les saisit et les fit voltiger. En haut dans les airs il faisait bien froid; des nuages lourds pendaient, chargés de grêle et de neige. Sur la haie le corbeau croassait, tant il était gelé : rien que d'y penser, on grelottait. Le pauvre caneton n'était, en vérité, pas à son aise.

Un soir que le soleil se couchait glorieux, toute une foule de grands oiseaux superbes sortit des buissons; le canet n'en avait jamais vu de semblables : ils étaient d'une blancheur éblouissante, ils avaient le cou long et souple. C'étaient des cygnes. Le son de leur voix était tout particulier; ils étendirent leurs longues ailes éclatantes pour aller loin de cette contrée chercher dans les pays chauds des lacs toujours ouverts. Ils montaient si haut, si haut, que le vilain petit canard en était étrangement affecté; il tourna dans l'eau comme une roue, il dressa le cou et le tendit en l'air vers les cygnes voyageurs, et poussa un cri si perçant et si singulier qu'il se fit peur à lui-même. Il lui était impossible d'oublier ces oiseaux magnifiques et heureux; aussitôt qu'il cessa de les apercevoir, il plongea jusqu'au fond, et, lorsqu'il remonta à la surface, il était comme hors de lui. Il ne savait comment s'appelaient ces oiseaux, ni où ils allaient; mais cependant il les aimait comme il n'avait encore aimé personne. Il n'en était pas jaloux; car comment aurait-il pu avoir l'idée de souhaiter pour lui-même une grâce si parfaite? Il aurait été trop heureux, si les canards avaient consenti à le supporter, le pauvre être si vilain!

Et l'hiver devint bien froid, bien froid; le caneton nageait toujours à la surface de l'eau pour l'empêcher de se prendre tout à fait; mais chaque nuit le trou dans lequel il nageait se rétrécissait davantage.

Il gelait si fort qu'on entendait la glace craquer; le canet était obligé d'agiter continuellement les jambes pour que le trou ne se fermât pas autour de lui. Mais enfin il se sentit épuisé de fatigue; il ne remuait plus et il fut saisi par la glace.

Le lendemain matin, un paysan vint sur le bord et vit ce qui se passait; il s'avança, rompit la glace et emporta le canard chez lui pour le donner à sa femme. Là il revint à la vie.

Les enfants voulurent jouer avec lui; mais le caneton, persuadé qu'ils allaient lui faire du mal, se jeta de peur au milieu du pot au lait, si bien que le lait rejaillit dans la chambre. La femme frappa ses mains l'une contre l'autre de colère, et lui, tout effrayé, se réfugia dans la baratte, et de là dans la huche à farine, puis de là prit son vol au-dehors.

Dieu! quel spectacle! la femme criait, courait après lui, et voulait le battre avec les pincettes; les enfants s'élancèrent sur le tas de fumier pour attraper le caneton. Ils riaient et poussaient des cris : ce fut un grand bonheur pour lui d'avoir trouvé la porte ouverte et de pouvoir ensuite se glisser entre des branches, dans la neige; il s'y blottit tout épuisé.

Il serait trop triste de raconter toute la misère et toutes les souffrances qu'il eut à supporter pendant cet hiver rigoureux.

Il était couché dans le marécage entre les joncs, lorsqu'un jour le soleil commença à reprendre son éclat et sa chaleur. Les alouettes chantaient. Il faisait un printemps délicieux.

Alors tout à coup le caneton put se confier à ses ailes, qui battaient l'air avec plus de vigueur qu'autrefois, assez fortes pour le transporter au loin. Et bientôt il se trouva dans un grand jardin où les pommiers étaient en pleine floraison, où le sureau répandait son parfum et penchait ses longues branches vertes jusqu'aux fossés. Comme tout était beau dans cet endroit! Comme tout respirait le printemps!

Et des profondeurs du bois sortirent trois cygnes blancs et magnifiques.

Ils battaient des ailes et nagèrent sur l'eau. Le canet connaissait ces beaux oiseaux : il fut saisi d'une tristesse indicible.

« Je veux aller les trouver, ces oiseaux royaux : ils me tueront, pour avoir osé, moi si vilain, m'approcher d'eux ; mais cela m'est égal ; mieux vaut être tué par eux que d'être mordu par les canards, battu par les poules, poussé du pied par la fille de basse-cour, et que de souffrir les misères de l'hiver. »

Il s'élança dans l'eau et nagea à la rencontre des cygnes. Ceux-ci l'aperçurent et se précipitèrent vers lui les plumes soulevées. « Tuez-moi », dit le pauvre animal ; et, penchant la tête vers la surface de l'eau, il attendait la mort.

Mais que vit-il dans l'eau transparente ? Il vit sa propre image au-dessous de lui : ce n'était plus un oiseau mal fait, d'un gris noir, vilain et dégoûtant ; il était lui-même un cygne !

Il n'y a pas de mal à être né dans une basse-cour lorsqu'on sort d'un œuf de cygne.

Maintenant il se sentait heureux de toutes ses souffrances et de tous ses chagrins ; maintenant pour la première fois il goûtait tout son bonheur en voyant la magnificence qui l'entourait, et les grands cygnes nageaient autour de lui et le caressaient de leur bec.

De petits enfants vinrent au jardin et jetèrent du pain et du grain dans l'eau, et le plus petit d'entre eux s'écria : « En voilà un nouveau ! » et les autres enfants poussèrent des cris de joie : « Oui, oui ! c'est vrai ; il y en a encore un nouveau. » Et ils dansaient sur les bords, puis battaient des mains ; et ils coururent à leur père et à leur mère, et revinrent encore jeter du pain et du gâteau, et ils dirent tous : « Le nouveau est le plus beau ! Qu'il est jeune ! Qu'il est superbe ! »

Et les vieux cygnes s'inclinèrent devant lui.

Alors il se sentit honteux, et cacha sa tête sous son aile ; il ne savait comment se tenir, car c'était pour lui trop de bonheur. Mais il n'était pas fier. Un bon cœur ne le devient jamais. Il songeait à la manière dont il avait été persécuté et insulté partout, et voilà qu'il les entendait tous dire qu'il était le plus beau de tous ces beaux oiseaux ! Et le sureau même inclinait ses branches vers lui, et le soleil répandait une lumière si chaude et si bienfaisante ! Alors ses plumes se gonflèrent, son cou élancé se dressa, et il s'écria de tout son cœur : « Comment aurais-je pu rêver tant de bonheur, pendant que je n'étais qu'un vilain petit canard ? »

LE ROSSIGNOL

En Chine, vous devez bien le savoir, l'empereur est un Chinois, et tous ceux qui l'entourent sont aussi des Chinois. Il y a bien des années, — hâtez-vous donc d'écouter cette histoire qui sera bientôt oubliée, — le château de l'empereur était le plus magnifique du monde, tout entier de porcelaine si précieuse, si fragile, si délicate qu'il fallait prendre bien garde d'y toucher. Dans le jardin, on voyait les fleurs les plus merveilleuses; les plus belles portaient de petites clochettes d'argent qui sonnaient toutes les fois que quelqu'un passait, pour qu'il n'oubliât pas de regarder les fleurs. Oui, tout ce qu'il y avait dans le jardin de l'empereur était bien joliment disposé, et ce jardin s'étendait si loin, que le jardinier lui-même n'en avait jamais vu le bout. En avançant toujours, on arrivait dans une forêt superbe, remplie d'arbres élevés et coupée de lacs; cette forêt s'étendait jusqu'à la mer, qui était, sur les bords mêmes, bien bleue et bien profonde. De grands navires pouvaient aborder presque sous les arbres. Un rossignol avait établi sa demeure dans une des branches suspendues au-dessus des flots, et il chantait si délicieusement que les pauvres pêcheurs, préoccupés pourtant de bien d'autres choses, s'arrêtaient pour l'écouter pendant la nuit, au lieu de marcher pour retirer leurs filets.

« Ah Dieu! que c'est beau! » disaient-ils. Cependant ils étaient obligés de songer à leur travail et de renoncer aux chants de l'oiseau ; mais, la nuit suivante, ils s'arrêtaient de nouveau et s'écriaient encore : « Ah Dieu ! que c'est beau ! »

De tous les pays du monde, les voyageurs se dirigeaient vers la ville de l'empereur. Tous en étaient émerveillés, ainsi que du château et du jardin ; mais lorsqu'ils avaient entendu le rossignol, ils disaient tous : « Voilà ce qui est le plus prodigieux ! »

Et les voyageurs, à leur retour, racontaient toutes ces merveilles, et les savants composèrent des ouvrages sur la ville, sur le château et sur le jardin. Le rossignol ne fut point oublié ; il eut même la meilleure part, et ceux qui savaient faire des vers écrivirent de brillants poèmes en l'honneur du rossignol de la forêt, qui chantait près du grand lac.

Ces livres se répandirent, et quelques-uns arrivèrent jusqu'à l'empereur. Il prit alors une chaise d'or et se mit à les lire. A chaque instant il hochait la tête, tant il était ravi de ces magnifiques descriptions du château, de la ville et du jardin. Mais le rossignol est sans contredit ce qui est le plus prodigieux ! voilà ce que disait le livre.

« Qu'est-ce donc ? dit l'empereur ; le rossignol ? Je ne connais pas. Il se trouve donc un pareil oiseau dans mon empire et même dans mon jardin ? Je n'en ai jamais entendu parler, et ce sont les livres qui me l'apprennent ! »

Puis il appela son aide de camp. Celui-ci était tellement fier, que, toutes les fois qu'un inférieur osait lui adresser la parole, il ne daignait jamais répondre que : « Peuh ! » ce qui n'a pas grande signification.

« Il doit y avoir ici un oiseau très curieux qu'on appelle rossignol, dit l'empereur : on dit que c'est ce qu'il y a de plus beau dans toute l'étendue de mon empire. Pourquoi personne ne m'en a-t-il parlé ?

— Je n'en ai jamais entendu parler moi-même, répondit l'aide de camp. Il n'a jamais eu l'honneur d'être présenté à la cour.

— Je veux qu'on me le présente ce soir et qu'il

chante devant moi, dit l'empereur. Tout le monde connaît les trésors que je possède, et moi je ne les connais pas.

— Je n'en ai jamais entendu parler, reprit l'aide de camp, mais je le chercherai et je le trouverai. »

Mais où le trouver ? L'aide de camp monta et descendit tous les escaliers, traversa les corridors et les salles, interrogea tous ceux qu'il rencontra, mais personne n'avait entendu parler du rossignol.

Il retourna donc auprès de l'empereur et dit que les gens qui avaient écrit cela dans leurs livres avaient sans doute voulu faire un conte. « Votre Majesté impériale ne peut pas imaginer tout ce qu'on s'amuse à écrire. Ce ne sont partout qu'inventions et que fantasmagories.

— Mais le livre où je l'ai lu, dit l'empereur, m'a été envoyé par le puissant empereur du Japon, et par conséquent il ne peut renfermer de mensonges. Je veux entendre le rossignol ; il faut qu'il soit ici ce soir : je lui accorde ma haute faveur ; et, s'il ne vient pas, j'ordonne que l'on marche sur le ventre de tous les courtisans quand ils auront soupé.

— Tsing-pé ! » dit l'aide de camp, et il recommença à monter et à descendre les escaliers, et à traverser les salles et les corridors ; et la moitié des courtisans le suivirent, car ils n'avaient pas la moindre envie qu'on leur marchât sur le ventre.

Que de questions ne fit-on pas sur le merveilleux rossignol, que tout le monde connaissait, excepté toutes les personnes de la cour ?

Enfin ils rencontrèrent dans la cuisine une pauvre petite fille qui dit : « Oh mon Dieu ! je connais bien le rossignol ! Qu'il chante bien ! On m'a donné la permission de porter tous les soirs à ma pauvre mère malade ce qui reste de la table ; elle demeure là-bas près du rivage, et, lorsque je retourne chez nous, je me repose dans la forêt et j'entends chanter le rossignol. Souvent les larmes m'en viennent aux yeux, car cela me fait autant de plaisir que si ma mère m'embrassait.

— Petite cuisinière, dit l'aide de camp, je t'attacherai officiellement à la cuisine et je te donnerai la permission de regarder manger l'empereur si tu peux nous conduire auprès du rossignol, car il est invité pour aujourd'hui à la soirée de la cour. »

Ils partirent pour la forêt où le rossignol chantait d'ordinaire. Au milieu de leur marche, une vache se mit à beugler.

« Oh ! dit l'aide de camp, le voilà ! Quelle voix forte pour un si petit oiseau ! Il me semble ma foi que je l'ai déjà entendu.

— Non, ce sont les vaches qui beuglent, dit la petite cuisinière. Nous sommes encore loin. »

Les grenouilles du marais se mirent à coasser.

« Dieu ! que c'est beau ! dit le chapelain de la cour. Je l'entends ! C'est aussi harmonieux que les petites cloches de l'église.

— Non, ce sont les grenouilles, dit la petite cuisinière, mais je pense que nous l'entendrons bientôt. »

Et voilà que le rossignol commence à chanter.

« C'est lui, dit la petite fille : écoutez ! le voilà ! »

Et elle montrait du doigt un petit oiseau gris, en haut dans les branches.

« Est-ce possible ? dit l'aide de camp : je ne me le serais jamais figuré ainsi. Quel air simple ! Il a sûrement perdu toutes ses couleurs en se voyant entouré par tant de grands personnages.

— Petit rossignol, lui cria la petite cuisinière, notre gracieux empereur désire que vous chantiez devant lui.

— Avec grand plaisir », répondit le rossignol.

Et il se mit à chanter que ce fut un bonheur.

« C'est un véritable harmonica, dit l'aide de camp. Et regardez donc ce petit gosier, comme il travaille ! Il est bien singulier que nous ne l'ayons jamais entendu avant ce jour : il aura un grand succès à la cour.

— Chanterai-je encore une fois devant l'empereur ? demanda le rossignol, qui croyait que Sa Majesté était là.

— Mon charmant petit rossignol, dit l'aide de camp, j'ai le vif plaisir de vous inviter pour ce soir à la fête de la cour, où vous ravirez Sa Majesté impériale avec votre chant admirable.

— Il se fait mieux entendre au milieu de la verdure que partout ailleurs; cependant j'irai volontiers, puisque l'empereur le désire. »

Dans le château on avait fait des préparatifs extraordinaires. Les murs et les carreaux de porcelaine brillaient aux rayons de cent mille lampes d'or; les fleurs les plus éclatantes, avec les plus belles clochettes, garnissaient les corridors. Avec tout le mouvement qu'on se donnait, il s'établit un double courant d'air qui mit en branle toutes les clochettes et empêcha de s'entendre.

Au milieu de la grande salle où l'empereur était aussi, on avait placé une baguette dorée pour le rossignol. Toute la cour était présente, et la petite cuisinière avait reçu la permission de regarder à travers la fente de la porte, car on lui avait conféré le titre officiel de *cuisinière impériale*.

On était en grande toilette et en grande tenue, et tous les yeux étaient fixés sur le petit oiseau gris auquel s'adressaient tous les mouvements de la tête de l'empereur.

Et le rossignol chantait d'une manière si admirable que les larmes en vinrent aux yeux de l'empereur. Oui, les larmes coulaient sur les joues de l'empereur, et le rossignol chantait de mieux en mieux. Sa voix allait jusqu'au fond du cœur. Et l'empereur était si content qu'il voulut que le rossignol portât sa pantoufle d'or autour du cou; mais le rossignol refusa : sa récompense était assez grande déjà.

« J'ai vu des larmes dans les yeux de l'empereur, dit-il, c'est pour moi le plus riche trésor. Les larmes d'un empereur ont une valeur particulière. Dieu le sait, je suis suffisamment récompensé. »

Et là-dessus il recommença ses chants si doux.

« Quelle coquetterie charmante ! » dit chacune des

dames; et pour ressembler au rossignol, elles se mirent de l'eau dans la bouche pour faire des roulades quand on leur parlait. Les laquais et les valets de chambre manifestèrent aussi la plus vive satisfaction; ce qui n'est pas peu dire, car ce sont ces gens-là qui sont les plus difficiles à satisfaire.

Bref, le rossignol eut le plus grand succès.

A partir de ce jour, il lui fallut vivre à la cour. On lui donna une cage avec la permission de se promener deux fois par jour et une fois la nuit. Il était alors suivi de douze domestiques, dont chacun lui avait attaché au pied un ruban de soie qu'il avait grand soin de ne pas lâcher. Une telle promenade ne devait sans doute pas être des plus agréables.

Toute la ville parla dès lors de l'oiseau prodigieux; on ne s'entretint plus que de lui. Quand deux personnes s'abordaient, l'une disait aussitôt : « Le ros... » et avant qu'elle eût fini, l'autre avait déjà prononcé : « signol ! » et on s'était compris.

La faveur dont l'oiseau jouissait dans le public était si grande, que onze enfants de charcutiers furent appelés Rossignols, quoique leur gorge ne possédât pas une seule note harmonieuse.

Un jour l'empereur reçut un gros paquet sur lequel il y avait : « Le Rossignol. »

« Voilà sans doute un nouveau livre sur notre célèbre oiseau », dit-il.

Au lieu d'un livre, il trouva un petit objet mécanique enfermé dans une boîte. C'était un rossignol artificiel qui devait imiter le rossignol vivant; il était tout couvert de diamants, de rubis et de saphirs.

Dès qu'on eut remonté le mécanisme, il se mit à chanter un des morceaux que le véritable rossignol chantait aussi; et en même temps on voyait remuer sa queue, sur laquelle étincelaient l'or et l'argent. Autour du cou il portait un ruban avec cette inscription : « Le rossignol de l'empereur du Japon est pauvre en comparaison de celui de l'empereur chinois. »

« C'est magnifique », dirent tous les courtisans; et

celui qui avait apporté l'oiseau artificiel reçut le titre de grand introducteur de rossignols auprès de Sa Majesté impériale.

« Qu'on les fasse chanter ensemble; ce sera un superbe duo », dit l'empereur.

Et on les fit chanter ensemble; mais le duo n'allait pas du tout; car le véritable rossignol chantait selon son inspiration naturelle, et l'autre obéissait au mouvement des cylindres.

« Ce n'est pas la faute de celui-ci, dit le chef d'orchestre de la cour en désignant l'oiseau artificiel; car il chante parfaitement en mesure, et on dirait qu'il a été formé à mon école. »

On le fit donc chanter seul : il eut autant de succès que le véritable, et il plaisait bien davantage aux yeux; car il brillait autant que les bracelets et les broches des dames de la cour.

Il chanta ainsi trente-trois fois le même morceau et sans la moindre fatigue. Ses auditeurs auraient bien voulu le faire recommencer encore, mais l'empereur pensa que c'était légitimement le tour du rossignol vivant... Mais où était-il? Personne n'avait remarqué qu'il s'était envolé par la fenêtre pour regagner sa verte forêt.

« Qu'est-ce donc ? » dit l'empereur; et tous les courtisans murmuraient d'indignation et accusaient le rossignol d'ingratitude. « Heureusement nous avons ici le meilleur des deux », dirent-ils; et ils se consolèrent en faisant chanter à l'oiseau artificiel le même morceau pour la trente-quatrième fois.

Ces messieurs n'étaient pourtant pas encore parvenus à le savoir par cœur, parce qu'il était très difficile.

Et le chef d'orchestre manqua d'expressions pour vanter l'oiseau; il surpassait de beaucoup, assurait-il, le rossignol véritable, non seulement par sa robe et ses pierreries, mais aussi par son organisation intérieure.

« Car, voyez-vous, messeigneurs, et vous, grand empereur, avant tous, chez le véritable rossignol on ne peut jamais calculer sûrement les notes qui vont suivre; mais chez l'oiseau artificiel, tout est déterminé d'avance. On peut l'expliquer, on peut l'ouvrir, on peut montrer où se trouvent les cylindres, comment ils tournent, et de quelle manière les mouvements se succèdent.

— C'est notre opinion, dirent-ils tous; et le chef d'orchestre obtint la permission de montrer l'oiseau au peuple le dimanche suivant. L'empereur ordonna aussi de le faire chanter, et tous ceux qui l'entendirent furent aussi transportés que s'ils s'étaient enivrés avec du thé, ce qui est tout à fait chinois, et tous s'écrièrent en même temps : « Oh ! » en levant l'index et en remuant la tête.

Mais les pauvres pêcheurs qui avaient entendu le véritable rossignol dirent : « C'est gentil; les mélodies sont semblables, mais il y manque je ne sais quoi. »

Le véritable rossignol fut banni de la ville et de l'empire.

L'oiseau artificiel eut une place d'honneur sur un coussin de soie auprès du lit de l'empereur. Tout l'or, tous les bijoux qu'on lui avait offerts étaient étalés autour de lui. Il avait reçu le titre de grand chanteur impérial du dessert de l'empereur, place qui était classée au numéro un du côté gauche, suivant la hiérarchie officielle des fonctionnaires de la cour : car l'empereur regardait ce côté comme le plus important, à cause de la place du cœur; vous devez bien savoir qu'un empereur même a le cœur à gauche.

Et le chef d'orchestre composa un ouvrage de vingt-cinq volumes sur l'oiseau artificiel : le livre était si long et si savant, et tellement rempli des mots chinois les plus difficiles, que chacun se vantait de l'avoir lu et compris : sans cela, on se serait soi-même rangé au nombre des niais et on se serait exposé à se faire marcher sur le ventre.

Tel fut l'état des choses pendant toute une année. L'empereur, la cour et tout le peuple chinois savaient par cœur chaque petit glou-glouk de l'oiseau artificiel. Cette raison même leur rendit l'air d'autant plus agréable, puisqu'ils pouvaient à leur choix ou le chanter ou l'accompagner. Les gamins des rues chantaient tzi, tzi, tzi-glou, glouk, glou ! et l'empereur faisait chorus avec eux. Si vous saviez comme c'était beau !

Mais un soir que l'oiseau mécanique chantait de son mieux, et que l'empereur l'écoutait dans son lit avec délices, on entendit tout à coup dans l'intérieur du corps, crac, puis ! br-rr-ou-ou ; toutes les roues prirent le galop, et la musique s'arrêta subitement.

L'empereur sauta hors du lit et envoya chercher son médecin ordinaire, mais celui-ci n'y put rien. Ensuite on fit venir un horloger qui réussit en effet, après beaucoup de paroles et un long examen, à réparer l'oiseau ; mais il recommanda de le bien ménager, parce que les pivots étaient usés, et qu'il était impossible d'en introduire de neufs.

Quelle désolation ! On ne pouvait plus faire chanter l'oiseau artificiel qu'une fois par an, et cette fois même était presque de trop. Mais, à chaque séance solennelle, le chef d'orchestre fit un petit discours rempli de mots inintelligibles, où il expliquait que le chant était plus parfait que jamais, et après une telle affirmation, le chant était plus parfait que jamais.

Cinq années s'étaient écoulées ainsi, lorsque le pays fut plongé dans une profonde douleur. Les Chinois aimaient beaucoup leur empereur, mais il tomba malade et l'on disait qu'il allait mourir. Déjà on avait élu un nouvel empereur, et le peuple était assemblé sur la place. On demanda à l'aide de camp comment se trouvait le vieil empereur.

« Peuh ! » répondit-il en secouant la tête.

L'empereur était étendu pâle et froid dans son grand lit magnifique. Toute la cour le croyait mort ; chacun courait donc saluer le nouvel empereur.

Les domestiques répandirent la nouvelle partout, et les femmes de chambre avaient profité de l'occasion pour donner un thé. Partout, dans les corridors et dans les salles, on avait placé des tapis pour amortir le bruit des pas; tout le château était triste et silencieux! Mais l'empereur n'était pas mort. Seulement, il était toujours étendu pâle et froid dans son grand lit garni de rideaux de velours avec des embrasses d'or; à travers une fenêtre, la lune projetait la lumière sur lui et sur l'oiseau protégé.

Le pauvre empereur pouvait à peine respirer; il était aussi oppressé que si quelqu'un lui eût marché sur la poitrine; il ouvrit les yeux, et vit que c'était la Mort qui s'était mis sur la tête sa couronne d'or, et qui tenait d'une main son sabre et de l'autre son riche drapeau. Tout autour, dans les plis des grands rideaux de velours, il aperçut des têtes bizarres, dont quelques-unes semblaient affreuses et les autres douces et souriantes. C'étaient les bonnes et les mauvaises actions de l'empereur qui se présentaient pour assister à sa dernière heure.

« Te souviens-tu de ceci? lui dirent-elles tout bas l'une après l'autre. Te souviens-tu de cela? »

Et elles lui racontèrent bien des choses qui lui firent couler la sueur du front.

« Je n'ai jamais rien su de pareil! dit l'empereur. De la musique, de la musique! Qu'on apporte le grand tam-tam chinois pour que je n'entende plus ce qu'elles disent! »

Et les figures continuèrent de parler, et la Mort répondait par un hochement de tête chinois à tout ce qu'elles disaient.

« De la musique, de la musique! répéta l'empereur. Toi, petit oiseau d'or, chante, chante donc! Je t'ai donné tant d'or et tant de diamants! J'ai même suspendu ma pantoufle autour de ton cou. Veux-tu chanter? »

Mais l'oiseau restait muet. Il n'y avait personne pour le remonter, et sans ce secours il n'avait pas de voix.

Et la Mort continuait de tourner vers l'empereur ses orbites creuses. Et le silence se prolongeait d'une manière effroyable.

Alors tout à coup, près de la fenêtre, se fit entendre un chant ravissant : c'était le petit rossignol de la forêt qui chantait sur une branche. Il avait appris la maladie de l'empereur, et il venait lui apporter de l'espoir et de la consolation. Grâce au charme de sa voix, les visions devenaient de plus en plus pâles, le sang circulait de plus en plus vivement dans les membres affaiblis de l'empereur, et la Mort même écoutait en disant : « Continue, petit rossignol, continue.

— Oui, répondit le rossignol, si tu veux me donner ton beau sabre d'or, et ton riche drapeau, et la couronne de l'empereur. »

Et la Mort donnait à mesure chaque joyau pour une chanson, et le rossignol continuait toujours ; il disait le cimetière paisible où poussent les roses blanches, où le tilleul répand ses parfums, où l'herbe fraîche est arrosée des larmes des survivants.

Et la Mort fut prise du désir de retourner à son jardin, et s'évanouit par la fenêtre comme un brouillard froid et blanc.

« Merci, merci, dit l'empereur. Merci, petit oiseau céleste ; je te reconnais bien ; je t'ai chassé de ma ville et de mon empire, et cependant tu as mis en fuite les méchantes figures qui assiégeaient mon lit ; tu as éloigné la Mort de mon cœur. Comment pourrais-je te récompenser ?

— Tu m'as déjà récompensé, dit le rossignol. J'ai arraché des larmes à tes yeux, la première fois que j'ai chanté. Je ne l'oublierai jamais ; ce sont les diamants qui touchent l'âme d'un chanteur. Mais maintenant dors, pour reprendre tes forces et te rétablir : je continuerai de chanter. »

Et pendant qu'il chantait, l'empereur fut pris d'un doux sommeil, d'un sommeil calme et bienfaisant.

Le soleil brillait à travers la fenêtre lorsqu'il se réveilla fort et guéri. Aucun de ses serviteurs n'était revenu auprès de lui ; on le croyait toujours mort. Le rossignol seul était resté fidèlement à son poste.

« Tu resteras toujours auprès de moi, dit l'empereur ; tu chanteras quand il te plaira, et l'oiseau artificiel, je le briserai en mille morceaux.

— Épargne-le, dit le rossignol ; il a fait le bien tant qu'il a pu ; garde-le toujours. Pour moi, je ne puis ni bâtir mon nid ni demeurer dans le château ; laisse-moi venir quand bon me semblera. Le soir, je chanterai sur la branche près de ta fenêtre pour t'égayer et te faire réfléchir ; je chanterai les heureux et ceux qui souffrent, je chanterai le bien et le mal, tout ce qui n'est pas connu de toi : car le petit oiseau vole partout, jusqu'à la cabane du pauvre pêcheur et du laboureur, qui tous les deux vivent si loin de toi et de ta cour. J'aime ton cœur plus que ta couronne, et cependant il sort d'une couronne un parfum saint et céleste. Je viendrai et je chanterai ; mais promets-moi seulement une chose.

— Tout ! répondit l'empereur, qui s'était revêtu de son costume impérial et qui pressait contre son cœur son sabre d'or.

— Une seule chose : ne raconte à personne que tu as un petit oiseau qui t'informe de tout. Crois-moi, tout n'en ira que mieux. »

Et le rossignol s'envola.

Un instant après les courtisans et les serviteurs entrèrent pour voir une dernière fois leur défunt empereur.

... Et voilà qu'ils restaient tout ébahis ; mais l'empereur leur dit tout bonnement : *Bonjour.*

L'OMBRE

C'est terrible, comme le soleil brûle dans les pays chauds! Les gens y deviennent bruns comme de l'acajou, et, dans les plus chauds, noirs comme des nègres. Un savant était arrivé de son pays froid dans un de ces pays chauds, où il pensait pouvoir se promener comme chez lui; mais bientôt il fut persuadé du contraire. Comme les gens raisonnables, il fut obligé de s'enfermer toute la journée chez lui; la maison avait l'air de dormir ou d'être abandonnée. Du matin jusqu'au soir, le soleil brillait entre les hautes maisons, le long de la petite rue où il restait. En vérité, c'était insupportable.

Le savant des pays froids, qui était jeune encore, se croyait dans une fournaise ardente; il maigrit de plus en plus, et son ombre se rétrécit considérablement. Le soleil lui portait préjudice. Il ne revenait véritablement à la vie qu'après le coucher du soleil.

Que d'agréments alors! Dès qu'on allumait la bougie dans la chambre, l'Ombre s'étendait sur tout le mur, même sur une partie du plafond; elle s'étendait le plus possible, pour reprendre ses forces.

Le savant, de son côté, sortait sur le balcon pour s'y étendre, et, à mesure que les étoiles apparaissaient sur le beau ciel, il se sentait peu à peu revivre. Bientôt il se montrait du monde sur chaque balcon de la rue : dans les pays chauds, chaque fenêtre a un balcon, car il faut de l'air même aux gens de couleur acajou. Comme tout s'animait alors ! Les cordonniers, les tailleurs, tout le monde se répandait dans la rue. On y voyait des tables, des chaises, et mille lumières. L'un parlait, l'autre chantait ; on se promenait ; les voitures roulaient, les ânes passaient en faisant retentir leurs sonnettes, un mort était porté en terre au bruit des chants sacrés, les gamins lançaient des pétards, les cloches des églises carillonnaient ; en un mot, la rue était bien animée.

Une seule maison, celle qui se trouvait en face du savant, ne donnait aucun signe de vie. Cependant quelqu'un y demeurait, car des fleurs admirables s'épanouissaient sur le balcon, et pour cela il fallait absolument que quelqu'un les arrosât. Aussi, le soir, la porte s'ouvrait, mais il y faisait noir ; une douce musique sortait de l'intérieur. Le savant trouvait cette musique sans pareille, mais peut-être était-ce un effet de son imagination : car il eût trouvé toute chose sans pareille dans les pays chauds, si le soleil n'y eût brillé toujours. Son propriétaire lui dit qu'il ignorait absolument le nom et l'état du locataire d'en face ; on ne voyait jamais personne dans cette maison, et, quant à la musique, il la déclarait horriblement ennuyeuse.

« C'est quelqu'un qui étudie continuellement le même morceau sans pouvoir l'apprendre, dit-il ; quelle persévérance ! »

Une nuit, le savant se réveilla et crut voir une lueur bizarre sur le balcon de son voisin ; toutes les fleurs brillaient comme des flammes, et, au milieu d'elles, se tenait debout une grande demoiselle svelte et charmante, qui brillait autant que les fleurs. Cette forte lumière blessa les yeux de notre homme, il se leva tout d'un coup, et alla écarter le rideau de la fenêtre pour regarder la maison d'en face : tout avait disparu. Seulement, la porte qui donnait sur le balcon était entrouverte, et la musique résonnait toujours. Il fallait qu'il y eût quelque sorcellerie là-dessous. Qui donc habitait là ? Où était donc l'entrée ? Tout le rez-de-chaussée se composait de boutiques; nulle part on ne voyait de corridor ni d'escalier conduisant aux étages supérieurs.

Un soir, le savant était assis sur son balcon, et, derrière lui, dans la chambre, brûlait une bougie; il était donc tout naturel que son ombre se dessinât sur le mur du voisin. Elle se montrait entre les fleurs, et répétait tous les mouvements du savant.

« Je crois que mon ombre est la seule chose qui vive là, en face : comme elle est gentiment assise entre les fleurs, près de la porte entrouverte ! Elle devrait être assez fine pour entrer, regarder ce qui se passe, et venir me le raconter. Va donc ! cria-t-il en plaisantant; montre au moins que tu sers à quelque chose; allons ! entre. »

Puis il fit un signe de tête à l'Ombre, et l'Ombre répéta ce signe. « Va ! mais ne reste pas trop longtemps. »

A ces mots, le savant se leva et l'Ombre fit comme lui. Il se tourna, et l'Ombre se tourna aussi. Quelqu'un qui eût fait attention aurait pu voir que l'Ombre entrait par la porte entrouverte chez le voisin, au moment où le savant entrait lui-même dans sa chambre en tirant derrière lui le grand rideau.

Le lendemain, lorsque ce dernier sortit pour prendre son café et lire les journaux, arrivé sous l'éclat du soleil, il s'écria tout à coup : « Qu'est-ce donc ? Où est mon ombre ? Serait-elle, en effet, partie hier au soir, et pas encore revenue ? C'est excessivement fâcheux. »

Grand était son dépit, non pas parce que l'Ombre avait disparu, mais parce qu'il savait l'histoire d'un homme sans ombre, comme tout le monde dans les pays froids, et si lui, revenu un jour, racontait sa propre histoire, on l'accuserait de plagiat sans qu'il le méritât le moins du monde. Il résolut donc de n'en parler à personne. Et bien il fit.

Le soir, il retourna sur son balcon après avoir bien posé la lumière derrière lui, pour faire revenir son ombre; mais il eut beau se faire grand, petit, et répéter, hem ! hem ! l'ombre n'apparut pas.

Cette séparation le tourmenta beaucoup; mais, dans les pays chauds, tout repousse bien vite, et, au bout de huit jours, il remarqua, à son grand plaisir, qu'une nouvelle ombre sortait de ses jambes lorsqu'il se promenait au soleil. La racine de l'ancienne y était probablement restée. Au bout de trois semaines, il avait une ombre convenable qui, dans son voyage aux pays du Nord, crût tellement que notre savant aurait pu se contenter de la moitié.

Revenu dans son pays, il composa plusieurs livres sur ce que le monde a de vrai, de beau et de bon : et bien des années s'écoulèrent ainsi.

Un soir qu'il était assis dans sa chambre, quelqu'un frappa à la porte.

« Entrez ! » dit-il.

Mais personne n'entra. Il alla ouvrir et vit un homme très grand et très maigre, du reste parfaitement habillé et de l'air le plus comme il faut.

« A qui ai-je l'honneur de parler? demanda le savant.

— Je me doutais bien que vous ne me reconnaîtriez pas, répondit l'homme délicat; voyez-vous? C'est que je suis devenu corps; j'ai de la chair, et je porte des habits. Ne reconnaissez-vous pas votre ancienne ombre? Vous avez cru que je ne reviendrais plus. J'ai eu bien de la chance depuis que je vous ai quitté; je suis riche et j'ai par conséquent les moyens de me racheter. »

Puis il fit sonner un tas de breloques attachées à la lourde chaîne d'or de sa montre, et ses doigts couverts de diamants lancèrent mille éclairs.

« Je n'en reviens pas! dit le savant; qu'est-ce que cela signifie?

— Certes, cela est extraordinaire, en effet, mais vous-même, n'êtes-vous pas un homme extraordinaire? Et moi, vous le savez bien, j'ai suivi vos traces dès votre enfance. Me trouvant mûr pour faire seul mon chemin dans le monde, vous m'y avez lancé, et j'ai parfaitement réussi. J'ai eu le désir de vous voir avant votre mort, et, en même temps, de visiter ma patrie. Vous savez, on aime toujours sa patrie. Sachant que vous avez une autre ombre, je vous demanderai maintenant si je dois quelque chose à elle ou à vous. Parlez, s'il vous plaît.

— C'est donc véritablement toi ! répondit le savant. C'est extraordinaire ; jamais je n'aurais cru que mon ancienne ombre me reviendrait sous la forme d'un homme.

— Dites ce que je dois, reprit l'Ombre, je n'aime pas les dettes.

— De quelles dettes parles-tu ? Tu me vois tout heureux de ta chance ; assieds-toi, vieil ami, et raconte-moi tout ce qui s'est passé. Que voyais-tu chez le voisin, dans les pays chauds ?

— Je vous le raconterai, mais à une condition ; c'est de ne jamais dire à personne ici, dans la ville, que j'ai été votre ombre. J'ai l'intention de me marier ; mes moyens me permettent de nourrir une famille, et au-delà.

— Sois tranquille ! Je ne dirai à personne qui tu es. Voici ma main, je te le promets. Un homme est un homme, et une parole...

— Et une parole est une ombre.

A ces mots, l'Ombre s'assit, et, soit par orgueil, soit pour se l'attacher, elle posa ses pieds chaussés de bottines vernies sur le bras de la nouvelle ombre qui gisait aux pieds de son maître comme un caniche. Celle-ci se tint bien tranquille pour écouter, impatiente d'apprendre comment elle pourrait s'affranchir et devenir son propre maître.

« Devinez un peu qui demeurait dans la chambre du voisin ! commença la première Ombre ; c'était une personne charmante, c'était la Poésie. J'y suis resté pendant trois semaines, et ce temps a valu pour moi trois mille ans. J'y ai lu tous les poèmes possibles, je les connais parfaitement. Par eux j'ai tout vu et je sais tout.

— La Poésie ! s'écria le savant ; oui, c'est vrai, elle n'est souvent qu'un ermite au milieu des grandes villes. Je l'ai vue un instant, mais le sommeil pesait sur mes yeux. Elle brillait sur le balcon comme une aurore boréale. Voyons ! continue. Une fois entré par la porte entrouverte...

— Je me trouvai dans l'antichambre ; il y faisait à peu près noir, mais j'aperçus devant moi une file immense de chambres dont les portes étaient ouvertes à deux battants. La lumière s'y faisait peu à peu, et, sans les précautions que je pris, j'aurais été foudroyé par les rayons avant d'arriver à la demoiselle.

— Enfin que voyais-tu ? demanda le savant.

— Je voyais tout, comme je vous le disais tout à l'heure. Certes, ce n'est pas par fierté ; mais comme homme libre, et avec mes connaissances, sans parler de ma position et de ma fortune, je désire que vous ne me tutoyiez pas.

— Je vous demande pardon ; c'est une ancienne habitude. Vous avez parfaitement raison, cela ne m'arrivera plus. Enfin que voyiez-vous ?

— Tout ! j'ai tout vu et je sais tout.

— Quel aspect vous offraient les salles de l'intérieur ? Ressemblaient-elles à une fraîche forêt, à une sainte église ou au ciel étoilé ?

— Elles ressemblaient à tout cela. Il est vrai que je ne les traversai pas ; mais, de l'antichambre, je vis tout.

— Mais enfin, les dieux de l'Antiquité passaient-ils par ces grandes salles ? Les anciens héros y combattaient-ils ? Est-ce que des enfants charmants y jouaient et racontaient leurs rêves ?

— Je vous répète encore une fois que j'ai tout vu. En y entrant, vous ne seriez pas devenu un homme ; mais moi j'en devins un. J'y appris à connaître ma véritable nature, mes talents et ma parenté avec la Poésie. Lorsque j'étais encore avec vous, je n'y réfléchissais jamais ; mais vous devez vous rappeler comme je grandissais toujours au lever et au coucher du soleil. Au clair de la lune, je paraissais presque plus distinct que vous-même ; seulement, je ne comprenais pas alors ma véritable nature ; c'est dans l'antichambre que j'ai appris à la connaître. J'étais mûr au moment où vous m'avez lancé dans le monde, mais vous partiez tout à coup en me laissant presque nu. J'eus bientôt honte de me trouver dans un pareil état; j'avais besoin de vêtements, de bottes, de tout ce vernis qui fait l'homme. Je me cachai, je vous le dis sans crainte, persuadé que vous ne l'imprimerez pas, je me cachai sous les jupons d'une marchande de gâteaux qui ignorait ma valeur. Le soir seulement, je sortais pour courir les rues au clair de lune. Je montais et je descendais le long des murs, regardant par les grandes fenêtres dans les salons et par les lucarnes dans les mansardes. Je vis par où personne ne pouvait voir, et ce que personne ne pouvait voir ni ne devait voir. Pour vous dire la vérité, ce monde est bien vil; et, sans ce préjugé qu'un homme signifie quelque chose, je ne me soucierais pas de l'être. J'ai vu des choses inimaginables chez les femmes, chez les hommes, chez les parents et les enfants charmants. J'ai vu ce que personne ne devait savoir, mais ce que tous brûlaient de savoir, le mal du prochain. Si j'avais écrit un journal, on l'aurait dévoré; mais je préférais écrire aux personnes elles-mêmes, et dans toutes les villes où je passais, c'était une frayeur inouïe. On me craignait et on me chérissait. Les professeurs me firent professeur, les tailleurs me donnèrent des habits; j'en ai en quantité; le directeur de la monnaie me frappait de belles pièces; les femmes me trouvaient gentil garçon. C'est ainsi que je suis devenu ce que je suis. Là-dessus, je vous présente mes respects. Voici ma carte; je demeure du côté du soleil, et, en temps de pluie, vous me trouverez toujours chez moi. »

A ces mots, l'Ombre partit.

« C'est cependant bien remarquable », dit le savant.

Juste une année après, l'Ombre revint.

« Comment allez-vous? demanda-t-elle.

— Hélas! j'écris sur le vrai, sur le beau et sur le bon, mais personne n'y fait attention. J'en suis au désespoir.

— Vous avez tort; regardez-moi; j'engraisse, et c'est ce qu'il faut. Vous ne connaissez pas le monde. Je vous conseille de faire un voyage; encore mieux, comme j'ai l'intention d'en faire un cet été, si vous voulez m'accompagner en qualité d'ombre, vous me ferez grand plaisir. Je paye le voyage.

— Vous allez trop loin.

— C'est selon. Je vous assure que le voyage vous fera du bien. Soyez mon ombre, vous n'aurez rien à dépenser.

— C'en est trop! dit le savant.

— Il en est ainsi du monde, et il en sera toujours ainsi », repartit l'Ombre en s'en allant.

Le savant se trouva de plus en plus mal, à force d'ennuis et de chagrins. Ce qu'il disait du vrai, du beau et du bon, produisait sur la plupart des hommes le même effet que les roses sur une vache.

« Vous avez l'air d'une ombre », lui dit-on, et cela le fit frémir.

« Il faut que vous alliez prendre les bains, lui dit l'Ombre, qui était revenue le voir; c'est le seul remède. Je m'y rendrai avec vous, car ma barbe ne pousse pas bien, et c'est une maladie. Il faut toujours avoir de la barbe. Je paye le voyage : vous en ferez la description, et cela m'amusera chemin faisant. Soyez raisonnable et acceptez mon offre; nous voyagerons comme d'anciens camarades. »

Ils se mirent en route. L'Ombre était devenue le maître, et le maître était devenu l'ombre. Partout ils se suivaient à se toucher, par-devant ou par-derrière, suivant la position du soleil. L'ombre savait toujours bien occuper la place du maître, et le savant ne s'en formalisait pas. Il avait bon cœur, et un jour il dit à l'Ombre :

« Puisque nous sommes des compagnons de voyage et que nous avons grandi ensemble, tutoyons-nous, c'est plus intime.

— Vous parlez franchement, repartit l'Ombre, ou plutôt le véritable maître : moi aussi je parlerai franchement. En qualité de savant, vous devez savoir combien la nature est étrange. Il y a des personnes qui ne peuvent toucher un morceau de papier gris sans se trouver mal ; d'autres frémissent en entendant frotter un clou sur un carreau de vitre ; quant à moi, j'éprouve la même sensation à m'entendre tutoyer, il me semble que cela me couche par terre comme au temps où j'étais votre ombre. Vous voyez que chez moi ce n'est pas fierté, mais sentiment. Je ne peux pas me laisser tutoyer par vous, mais je vous tutoierai ; ce sera la moitié de ce que vous désirez. »

Dès ce moment, l'Ombre tutoya son ancien maître.

« C'est trop fort ! pensa celui-ci ; je lui dis *vous*, et il me tutoie. » Néanmoins il prit son parti.

Arrivés aux bains, ils rencontrèrent une grande quantité d'étrangers ; entre autres, une belle princesse affectée d'un mal inquiétant : elle voyait trop clair.

Elle remarqua bientôt l'Ombre parmi tous les autres : « Il est venu ici pour faire pousser sa barbe, à ce qu'on dit ; mais la véritable cause de son voyage, c'est qu'il n'a point d'ombre. »

Prise de curiosité, elle entama conversation dans une promenade avec cet étranger. Comme princesse, elle n'avait pas besoin de faire beaucoup de façons, et elle lui dit : « Votre maladie est de ne pas produire d'ombre.

— Votre Altesse Royale se trouve heureusement bien mieux, répondit l'ombre ; elle souffrait de voir trop clair, mais maintenant elle est guérie, car elle ne voit pas que j'ai une ombre, et même une ombre extraordinaire. Voyez-vous la personne qui me suit continuellement ? Ce n'est pas une ombre commune. De même qu'on donne souvent pour livrée à ses domestiques du drap plus fin que celui que l'on porte soi-même, ainsi j'ai paré mon ombre comme un homme. Je lui ai même donné une ombre. Quoi qu'il m'en coûte, j'aime à avoir des choses que les autres n'ont pas.

— Quoi ! pensa la princesse, est-ce que vraiment je serais guérie ? Il est vrai que l'eau, dans le temps où nous vivons, possède une vertu singulière, et ces bains ont une grande réputation. Cependant je ne les quitterai pas encore ; on s'y amuse parfaitement, et ce jeune homme-là me plaît. Pourvu que sa barbe ne pousse pas ! car il s'en irait. »

Le soir, la princesse dansa avec l'Ombre dans la grande salle de danse. Elle était bien légère, mais son cavalier l'était encore davantage ; jamais elle n'en avait rencontré un pareil. Elle lui dit le nom de son pays, et lui le connaissait bien, car il y avait regardé par les fenêtres. Il raconta même à la princesse des choses qui l'étonnèrent on ne peut plus. Certes, c'était l'homme le plus instruit du monde ! Elle lui témoigna peu à peu toute son estime, et en dansant encore une fois ensemble, elle trahit son amour par des regards qui semblaient le pénétrer. Néanmoins, comme c'était une fille réfléchie, elle se dit : « Il est instruit, c'est bon ; il danse parfaitement, c'est encore bon ; mais possède-t-il des connaissances profondes ? C'est ce qu'il y a de plus important ; je vais l'examiner un peu à ce sujet. »

Et elle commença à l'interroger sur des choses tellement difficiles, qu'elle n'aurait pu y répondre elle-même. L'Ombre fit une grimace.

« Vous ne savez donc pas répondre ? dit la princesse.

— Je savais tout cela dans mon enfance, répondit l'Ombre, et je suis sûr que mon ombre, que vous voyez là-bas devant la porte, y répondra facilement.

— Votre ombre ! ce serait bien étonnant.

— Je n'en suis pas tout à fait certain, mais je le crois, puisqu'elle m'a suivi et écouté pendant tant d'années. Seulement, Votre Altesse Royale me permettra d'appeler son attention sur un point tout particulier ; cette ombre est tellement fière d'appartenir à un homme, que, pour la trouver de bonne humeur, ce qui est nécessaire pour qu'elle réponde bien, il faut la traiter absolument comme un homme.

— Je l'approuve », dit la princesse.

Puis elle s'approcha du savant pour lui parler du soleil, de la lune, de l'homme sous tous les rapports; il répondait convenablement et avec beaucoup d'esprit.

« Quel homme distingué, pensa-t-elle, pour avoir une ombre aussi sage! Ce serait une bénédiction pour mon peuple, si je le choisissais pour époux. »

Bientôt la princesse et l'Ombre arrêtèrent leur mariage; mais personne ne devait le savoir avant que la princesse fût de retour dans son royaume.

« Personne! pas même mon ombre », dit l'Ombre, qui avait ses raisons pour cela.

Lorsqu'ils furent arrivés dans le pays de la princesse, l'Ombre dit au savant : « Écoute, mon ami, je suis devenu heureux et puissant au dernier point, et je vais maintenant te donner une marque particulière de ma bienveillance. Tu demeureras dans mon palais, tu prendras place à côté de moi dans ma voiture royale, et tu recevras cent mille écus par an. Cependant j'y mets une condition; c'est que tu te laisses qualifier d'ombre par tout le monde. Jamais tu ne diras que tu as été un homme, et une fois par an, lorsque je me montrerai au peuple sur le balcon éclairé par le soleil, tu te coucheras à mes pieds comme une ombre. Il est convenu que j'épouse la princesse, et la noce se fait ce soir.

— Non, c'en est trop! s'écria le savant; jamais je ne consentirai à cela; je détromperai la princesse et tout le pays. Je veux dire toute la vérité : je suis un homme, et toi, tu n'es qu'une ombre habillée.

— Personne ne te croira : sois raisonnable, ou j'appelle la garde.

— Je vais de ce pas trouver la princesse.

— Mais moi j'arriverai le premier, et je te ferai jeter en prison. »

Puis l'Ombre appela la garde, qui obéissait déjà au fiancé de la princesse, et le savant fut emmené.

« Tu trembles! dit la princesse en revoyant l'Ombre; qu'y a-t-il donc? Prends garde de tomber malade le jour de ta noce.

— Je viens d'essuyer une scène cruelle; mon ombre est devenue folle. Figure-toi qu'elle s'est mis en tête qu'elle est l'homme, et que moi, je suis l'ombre.

— C'est terrible! j'espère qu'on l'a enfermée?

— Sans doute; je crains qu'elle ne se remette jamais.

— Pauvre ombre! dit la princesse; elle est bien malheureuse. Ce serait peut-être un bienfait que de lui ôter le peu de vie qui lui reste. Oui, en y songeant bien, je crois nécessaire d'en finir avec elle secrètement.

— C'est une affreuse extrémité, répondit l'Ombre en ayant l'air de soupirer; je perds un fidèle serviteur.

— Quel noble caractère! » pensa la princesse.

Le soir, toute la ville fut illuminée, on tira le canon; partout retentissaient la musique et les chants. La princesse et l'Ombre se montrèrent sur le balcon, et le peuple, enivré de joie, cria trois fois hourra!

Le savant ne vit rien, n'entendit rien, car on l'avait tué.

UNE SEMAINE DU PETIT ELFE FERME-L'ŒIL

Il n'y a personne au monde qui sache raconter autant d'histoires que Ferme-l'Œil. En voilà un qui raconte bien ! Vers le soir, lorsque les enfants sont assis tranquillement à la table ou sur leur petit banc, arrive Ferme-l'Œil. On l'entend à peine monter l'escalier, parce qu'il a des pantoufles : il ouvre tout doucement la porte, et psitt ! il lance du lait dans les yeux des enfants avec une merveilleuse délicatesse, et cependant toujours en assez grande quantité pour qu'ils ne puissent pas tenir leurs yeux ouverts et, par conséquent, l'apercevoir. Il se glisse derrière eux, leur souffle dans le cou, ce qui leur rend la tête lourde... oui, mais cela ne leur fait pas de mal, car le petit Ferme-l'Œil a de bonnes intentions pour les enfants : il veut seulement qu'ils soient tranquilles, et d'ordinaire ils ne le sont que quand ils dorment.

Il veut qu'ils soient bien tranquilles pour qu'il puisse leur raconter ses petites histoires.

Dès que les enfants sont endormis, Ferme-l'Œil s'assied sur leur lit. C'est qu'il est joliment vêtu : il porte un habit de soie, mais d'une couleur qu'il est impossible de dire. Il a des reflets verts, rouges et bleus, suivant le côté où il se tourne. Sous chaque bras il tient un parapluie : il en ouvre un, qui est orné de belles images, au-dessus des enfants aimables, et alors ils rêvent toute la nuit les plus charmantes histoires. L'autre parapluie, qui est tout uni, il le déploie sur la tête des enfants méchants, qui dorment alors d'une manière stupide; et le lendemain, quand ils se réveillent, ils n'ont rêvé de rien du tout.

Nous allons entendre maintenant comment Ferme-l'Œil vint tous les soirs, pendant toute une semaine, visiter un petit garçon qui s'appelait Hialmar : voici les sept histoires qu'il lui conta, puisqu'il y a sept jours dans la semaine.

Lundi.

« Écoute un peu, dit Ferme-l'Œil le soir, après avoir fait coucher Hialmar; je vais faire ma besogne. »

Et alors toutes les fleurs dans leurs pots devinrent de grands arbres qui étendaient leurs longues branches jusque sur le tapis et le long des murs, si bien que toute la chambre avait l'air d'un magnifique bosquet; et toutes les branches étaient couvertes de fleurs, et chaque fleur était plus belle qu'une rose. Elles exhalaient un parfum délicieux, et si on avait voulu les manger, on leur aurait trouvé un goût plus exquis que celui des confitures. Les fruits brillaient comme de l'or, et il y avait aussi sur les branches des gâteaux tout remplis de raisins. C'était d'une beauté incomparable; mais en même temps des plaintes affreuses sortirent du tiroir qui renfermait les livres de Hialmar.

« Qu'est-ce donc? » dit Ferme-l'Œil; et il courut à la table et ouvrit le tiroir. Quelque chose s'agitait et se remuait d'une manière terrible sur l'ardoise. C'était un chiffre faux qui se trouvait dans l'opération, en sorte qu'elle avait l'air de vouloir se disloquer.

Le crayon sauta avec la ficelle qui le retenait, comme s'il eût été un petit chien et qu'il eût voulu rajuster l'opération; mais il ne le pouvait pas.

En même temps des cris lamentables se firent

entendre dans le cahier d'écriture de Hialmar. Oh ! comme c'était affreux ! De haut en bas, sur chaque page, de grandes lettres se montraient, chacune avec une petite à son côté : elles avaient servi comme modèles, et auprès d'elles étaient d'autres petites lettres qui croyaient avoir une mine aussi présentable, et qui avait été tracées par Hialmar ; mais elles étaient couchées comme si on les avait fait tomber sur la ligne où elles devaient se tenir debout.

« Voyons, tenez-vous ainsi, dit le modèle, ainsi obliquement, et prenez-moi un mouvement vigoureux.

— Nous le voudrions bien, dirent les lettres de Hialmar ; mais nous ne le pouvons pas, tant nous sommes malades !

— En ce cas, on vous administrera un remède.

— Oh non ! » s'écrièrent-elles en se redressant si vivement que c'était charmant à voir.

« Pour le moment, je n'ai pas le temps de raconter des histoires, dit Ferme-l'Œil : il faut que j'exerce ces gaillardes-là. Une, deux ! une, deux ! »

Et il exerçait ainsi les lettres, qui finirent par prendre une position aussi droite et aussi gracieuse que celles du modèle même.

Ferme-l'Œil partit ; mais lorsque Hialmar les examina le lendemain, elles étaient aussi malades qu'auparavant.

Mardi.

Dès que Hialmar fut dans son lit, Ferme-l'Œil toucha de sa petite seringue enchantée tous les meubles de la chambre, et tous aussitôt se mirent à babiller, et chacun parla de lui-même. Le crachoir seul restait là stupidement, et furieux de ce que les autres avaient assez de vanité pour ne parler que d'eux-mêmes, pour ne penser qu'à eux-mêmes, sans faire la moindre attention à lui, qui se tenait modestement dans un coin pour recueillir les crachats.

Au-dessus de la commode était suspendu un grand tableau dans un cadre doré, qui représentait un paysage. On y voyait de vieux arbres énormes, des fleurs dans l'herbe, et une large rivière qui, tournant autour de la forêt, passait devant plusieurs châteaux et ensuite allait se perdre dans la mer irritée.

Ferme-l'Œil toucha de sa seringue le tableau, et tout à coup les oiseaux commencèrent à chanter, les branches à s'agiter, et les nuages continuèrent leur course : on pouvait même voir leur ombre s'avancer et couvrir le paysage.

Alors Ferme-l'Œil éleva le petit Hialmar jusqu'au cadre : il posa les pieds de l'enfant sur le tableau, au milieu de l'herbe haute, et l'enfant resta là.

Le soleil jetait sur lui ses rayons à travers les branches des arbres. Il courut à l'eau et s'assit dans un petit bateau qui s'y balançait, et qui était peint en rouge mêlé de blanc. Les voiles brillaient comme de l'argent; et une demi-douzaine de cygnes, portant des couronnes d'or autour de leur cou et une étoile bleue étincelante sur leur tête, tirèrent le bateau et l'amenèrent devant la verte forêt, où les arbres racontaient des histoires de brigands et de sorciers, et les fleurs, des aventures de charmants petits elfes et les belles paroles que leur avaient murmurées les papillons.

Des poissons magnifiques, couverts d'écailles d'or et d'argent, suivaient le bateau : de temps en temps ils sautaient, et l'eau rejaillissait avec bruit, et derrière eux volaient leurs troupeaux d'oiseaux, rouges et bleus, grands et petits. Les cousins dansaient, les hannetons bourdonnaient, tous voulaient accompagner Hialmar, et tous avaient des histoires à raconter.

En voilà une partie de plaisir! Tantôt les forêts étaient touffues et sombres, tantôt elles ressemblaient à un jardin superbe rempli de fleurs et éclairé par le soleil. Çà et là se montraient de grands châteaux de verre et de marbre; les princesses se penchaient aux balcons, et toutes étaient des petites filles de la connaissance de Hialmar, avec lesquelles il avait joué bien souvent.

Chacune étendait la main et présentait au voyageur un petit gâteau fait en cœur, et d'un sucre si raffiné que jamais marchande n'en avait vendu de pareil. Hialmar saisit le côté d'un cœur en passant; mais la princesse serrait les doigts si bien qu'ils eurent chacun pour leur part un morceau, elle le plus petit, lui le plus gros.

A la porte de chaque château les princes montaient la garde; ils le saluèrent de leur sabre d'or et lui jetèrent des raisins et des soldats de plomb.

On voyait bien par là qu'ils étaient de véritables princes.

Ainsi naviguait Hialmar, tantôt à travers des forêts, tantôt à travers de grands salons, tantôt au milieu d'une ville. Il se trouva qu'il passa par celle où demeurait la bonne qui l'avait toujours tant aimée; elle le salua et lui fit des signes de tête, et chanta ces jolis vers qu'elle avait faits elle-même et qu'elle avait envoyés à Hialmar :

Le long du jour je pense à toi souvent,
La nuit aussi, mon cher petit enfant.
Que de baisers, Hialmar, j'ai donnés à ta bouche.
A tes yeux, à tes bras, endormi sur ta couche!
Tu bégayas pour moi ta première parole!
Un jour, il a fallu pourtant te dire adieu...
Va donc! Que le seigneur te bénisse en tout lieu,
Petit ange lutin, dont je suis toujours folle.

Et tous les oiseaux l'accompagnaient; les fleurs dansaient sur leurs tiges, et les vieux arbres inclinaient la tête, absolument comme si le petit elfe Ferme-l'Œil leur racontait aussi des histoires.

Mercredi.

Comme la pluie tombait à verse! Hialmar l'entendit en dormant, et lorsque Ferme-l'Œil ouvrit une fenêtre, l'eau était montée jusqu'à l'appui. Au-dehors tout n'était qu'un grand lac; près de la maison se tenait amarré un navire superbe.

« Veux-tu venir avec moi, petit Hialmar? dit Ferme-l'Œil; tu pourras cette nuit arriver dans des pays étrangers, et être de retour ici demain. »

Tout à coup Hialmar, avec sa grande tenue du dimanche, se trouva au milieu du navire; aussitôt le temps devint beau et ils traversèrent les rues, tournèrent l'église et avancèrent dans un grand lac. Ils marchèrent longtemps, jusqu'à ce qu'ils eussent perdu la terre de vue, et ils aperçurent une troupe de cigognes qui quittaient aussi leur domicile pour aller dans les pays chauds.

Elles volaient toujours l'une derrière l'autre, et elles avaient déjà fait bien du chemin. Il y en avait une si fatiguée que ses ailes ne pouvaient plus la porter : c'était la dernière de la bande, et bientôt elle resta à une grande distance en arrière. A la fin elle descendit les ailes étendues, et son vol baissait de plus en plus; elle fit encore quelques efforts, mais inutilement. Ses pieds touchèrent bientôt les cordages du navire; elle glissa en bas des voiles, et boum! se trouva sur le pont.

Le mousse la prit et la mit dans le poulailler, parmi les poulets, les canards et les dindons. La pauvre cigogne était tout interdite de se trouver au milieu d'eux.

« En voilà une gaillarde! » dirent les poulets.

Et le coq d'Inde se gonfla autant qu'il put et demanda qui elle était. Et les canards marchaient en reculant et en se gourmant. « Qu'est-ce que c'est que ça? qu'est-ce que c'est que ça? »

Et la cigogne leur parla de l'Afrique brûlante, des pyramides, de l'autruche qui, semblable à un cheval sauvage, parcourt le désert. Mais les canards ne comprirent point et se gourmèrent de plus belle.

« Nous sommes probablement tous d'accord; c'est-à-dire qu'elle est stupide!

— Sans doute, elle est extraordinairement stupide! » dit le coq d'Inde; et il se mit à se rengorger, en criant : Glou-ou-ou!

Alors la cigogne se tut et pensa à son Afrique.

« Vous avez là de magnifiques jambes minces ! dit le dindon. Combien les avez-vous payées l'aune ?

— Khouan, khouan-scrak, firent les canards en ricanant ; mais la cigogne avait l'air de n'y pas faire attention.

— Pourquoi ne ris-tu pas avec nous ? dit le dindon. Est-ce que ma question ne te semble pas spirituelle ? Peut-être elle est au-dessus de ton intelligence. Hélas ! quel esprit borné ! Allons, laissons-la, et soyons intéressants pour nous-mêmes seulement. »

Là-dessus il fit glou-glou-ou, et les canards firent khouan, khouan.

C'était effrayant comme ils s'amusaient ! Hialmar alla au poulailler, ouvrit la porte et appela la cigogne, qui sauta vers lui sur le pont. Elle s'était reposée malgré tout, et elle eut l'air de faire des signes à Hialmar pour le remercier. Puis elle déploya ses ailes et s'envola vers les pays chauds.

Les poules gloussèrent, et les canards babillèrent en leur langage, et la crête du coq d'Inde devint rouge comme du feu.

« Demain nous ferons une bonne soupe avec vous autres ! » dit Hialmar ; et il se réveilla tout étonné de se trouver dans son petit lit. Quel étrange voyage le petit elfe Ferme-l'Œil lui avait fait faire cette nuit-là !

Jeudi.

« Écoute un peu, dit Ferme-l'Œil, et n'aie pas peur ; je vais te montrer une petite souris » ; et alors il lui montra une gracieuse petite bête qu'il tenait dans sa main. « Elle est venue pour t'inviter à la noce ; deux petites souris vont se marier cette nuit ; elles demeurent sous la marche de la fenêtre de la salle à manger, et elles ont là une très belle habitation.

— Mais comment pourrai-je y entrer par un si petit trou ?

— Laisse-moi faire, dit Ferme-l'Œil, je te rendrai assez mince pour passer. »

Et il toucha Hialmar de sa seringue enchantée ; et alors sa taille commença à diminuer, et continua si bien à s'amoindrir qu'il n'était pas à la fin aussi haut qu'un doigt.

« Emprunte maintenant les habits d'un de tes soldats de plomb. Tu en trouveras bien qui t'iront : c'est très joli de porter un uniforme quand on est en société.

— Certainement, dit Hialmar ; et bientôt il fut habillé comme un joli petit soldat de plomb.

— Voulez-vous avoir la bonté de vous asseoir dans le dé de votre mère, dit la petite souris, et j'aurai l'honneur de vous traîner ?

— Comment, mademoiselle, vous vous donnerez cette peine ? »

Et ils arrivèrent ainsi à la noce des souris.

Ils traversèrent d'abord sous la marche une longue allée qui était juste assez haute pour les laisser passer. Toute cette allée était illuminée avec du bois pourri qui brillait comme du phosphore.

« Ne trouvez-vous pas que cela sent bon ici ? dit la souris qui le traînait. Toute l'allée vient d'être frottée avec du lard. Oh ! que tout cela est beau ! »

Puis ils entrèrent dans le salon. A droite se tenaient toutes les dames souris ; elles murmuraient et chuchotaient comme si chacune se moquait de sa voisine ; à gauche étaient les messieurs, qui se caressaient la moustache avec leur patte. Au milieu du salon se trouvaient les futurs époux : ils étaient debout dans une croûte de fromage creusée, et ils s'embrassaient d'une manière effrayante devant tout le monde ; mais enfin ils étaient fiancés, et le moment définitif approchait.

Il arrivait toujours de nouveaux invités : la foule était si grande qu'une souris risquait d'écraser l'autre ; les fiancés s'étaient placés au milieu de la porte, de façon qu'il était tout aussi impossible d'entrer que de sortir. La chambre, aussi bien que l'allée, avait été frottée de lard, et cette agréable odeur tenait lieu de rafraîchissements. En guise de dessert, on montrait un pois vert dans lequel une souris avait découpé avec ses dents les initiales des futurs époux. On n'avait jamais rien vu de si magnifique.

Toutes les souris déclaraient que cette noce était une des plus belles qu'on pût voir, et que la conversation s'était fait remarquer par son bon ton, sa variété et sa délicatesse.

Hialmar retourna chez lui dans l'équipage qui l'avait amené. Il était heureux d'avoir été dans une société si distinguée ; mais aussi il avait été obligé de se réduire à sa plus simple expression, de s'amincir extraordinairement et de revêtir l'uniforme d'un de ses soldats de plomb.

Vendredi.

« C'est incroyable comme il y a des gens âgés qui voudraient bien me recevoir souvent ! dit Ferme-l'Œil. Ce sont surtout ceux qui ont fait quelque chose de mal. « Petit chéri », me disent-ils quand ils ne peuvent dormir, « nous ne pouvons fermer les paupières, et nous passons toute la nuit en ayant devant nous nos mauvaises actions qui, sous la forme de vilains petits sorciers, sont assis sur le lit et nous lancent de l'eau brûlante. Si tu voulais venir pour les chasser et nous procurer un bon sommeil ! disent-ils en soupirant profondément, nous te le payerions bien. Bonsoir, Ferme-l'Œil, l'argent est tout compté, près de la fenêtre. » Mais je ne fais rien pour de l'argent, ajouta le petit elfe.

— Qu'allons-nous faire cette nuit ? demanda Hialmar.

— Si tu en as envie, nous irons à une autre noce, bien différente de celle d'hier. Le grand joujou de ta sœur, qui ressemble à un homme et qu'on appelle Hermann, va se marier avec la poupée Berthe ; en outre, c'est la fête de la poupée, et ils vont recevoir de bien heureux cadeaux.

— Ah ! je connais cela, dit Hialmar. Toutes les fois que les poupées ont besoin d'habits neufs, ma sœur dit que c'est leur fête ou qu'elles vont se marier. C'est bien la centième fois que cela se fait.

— Eh bien ! ce sera la cent et unième noce ce soir, et après, il n'y aura plus rien. Aussi sera-t-elle extraordinairement belle. Regarde un peu. »

Et Hialmar dirigea ses yeux vers la table. La petite maison de carton était tout illuminée, et en dehors les soldats de plomb présentaient les armes. Les fiancés étaient assis tout pensifs — et ils avaient leurs raisons pour cela — sur le plancher, et s'appuyaient sur le pied de la table. Ferme-l'Œil, vêtu de la robe noire de la grand-mère, les maria. Lorsque le mariage fut fini, tous les meubles de la chambre entonnèrent une jolie chanson, composée par un crayon, sur l'air de la retraite.

Puis les fiancés reçurent leurs cadeaux ; seulement ils refusèrent toute espèce de comestibles, car leur amour leur suffisait.

« Allons-nous choisir une habitation d'été ou allons-nous voyager ? » demanda l'époux.

On consulta là-dessus l'hirondelle, cette vieille voyageuse, et la vieille poule, qui avait cinq fois déjà amené à bien ses œufs. L'hirondelle parla des pays chauds et magnifiques, où les raisins sont énormes, où l'air est si doux, où les montagnes sont de toutes les couleurs, comme on n'en voit jamais ici.

« Pourtant, dans ce pays-là, il n'y a pas de choux rouges comme ici, dit la poule. J'ai habité la campagne avec mes petits pendant tout un été. Là il y avait une sablière où nous nous promenions et où nous pouvions gratter tout à notre aise : nous étions admis dans un jardin renfermant beaucoup de choux rouges. Comme tout cela était magnifique ! Je ne puis rien me figurer de plus beau !

— Cependant tous les jours se ressemblent, dit l'hirondelle, et il fait ici bien mauvais temps.

— On y est habitué, répliqua la poule.

— Mais le plus souvent il fait très froid et il gèle.

— Cela fait du bien aux choux, reprit la poule. Du reste il a fait chaud ici. N'avons-nous pas eu, il y a quatre ans, un été qui a duré cinq semaines ? Il faisait tellement chaud qu'on ne pouvait plus respirer. Ensuite, ici nous n'avons pas tous les animaux venimeux qui sont dans les autres pays. Nous y entendons rarement parler de brigands. Celui qui ne trouve pas que notre pays est le plus beau est un scélérat qui ne mérite pas de l'habiter. » Elle continua en pleurant : « Moi aussi j'ai voyagé, j'ai passé une colline qui avait plus de douze lieues ; mais il n'y a certes pas de plaisir à voyager.

— Oui, la poule est une femme raisonnable, dit la poupée Berthe. Je n'y tiens pas du tout, à voir les montagnes : cela ne sert qu'à monter et à descendre. Non, nous irons plutôt nous établir dans la sablière, en dehors des portes de la ville, et nous nous promènerons dans le jardin aux choux. »

Il en fut ainsi.

Samedi.

« Allez-vous me raconter des histoires ? dit le petit Hialmar dès que le petit Ferme-l'Œil l'eut endormi.

— Nous n'aurons pas le temps ce soir, répondit le petit elfe en dépliant au-dessus de lui son magnifique parapluie. Regarde un peu ces Chinois. »

Tout le parapluie ressemblait à une grande coupe chinoise couverte d'arbres bleus et de ponts pointus, fourmillant de petits Chinois qui hochaient la tête.

« Il faut que nous arrangions tout bien gentiment pour demain, car c'est dimanche. Je vais me rendre dans les tours de l'église, pour voir si les petits farfadets polissent les cloches pour leur donner un son agréable : ensuite je vais aller dans les champs, pour voir si le vent enlève la poussière de l'herbe et des feuilles. Enfin, ce qui est le plus difficile, je vais aller chercher toutes les étoiles pour les faire briller. Je les pose dans mon tablier; mais il faut d'abord que chacune d'elles soit numérotée et que les trous où elles sont fixées soient aussi numérotés. Sans cela, je pourrais me tromper de place et mal les attacher. Nous aurions alors trop d'étoiles filantes; car elles fileraient l'une après l'autre.

— Écoutez un peu, monsieur Ferme-l'Œil, dit un vieux portrait suspendu au mur qui touchait le lit de Hialmar, je suis le bisaïeul de Hialmar; je vous remercie de raconter des histoires à mon garçon, mais n'allez pas lui tourner la tête. Comment voulez-vous descendre les étoiles pour les polir? Les étoiles sont des globes comme notre terre, et c'est là précisément ce qu'elles ont de bon.

— Je te remercie, vieux bisaïeul, dit Ferme-l'Œil. Tu es le chef de la famille, c'est possible; mais moi, je suis plus vieux que toi : je suis un vieux païen. Les Romains et les Grecs m'appelaient le dieu des songes. J'ai toujours été reçu dans les meilleures maisons, et j'y vais encore. Je sais très bien m'y prendre avec les petits comme avec les grands. Du reste, raconte maintenant toi-même. »

Et Ferme-l'Œil prit son parapluie et s'en alla.

« Voyez donc! voyez donc! maintenant il n'est plus permis de dire son opinion », dit en grognant le vieux portrait.

Hialmar se réveilla.

Dimanche.

« Bonsoir! », dit Ferme-l'Œil.

Hialmar le salua, puis il courut au mur et tourna le portrait de son bisaïeul, pour qu'il ne se mêlât point comme la veille à la conversation.

« Tu peux maintenant raconter tes histoires. Raconte-moi les cinq petits pois qui habitaient une cosse, et la grosse aiguille qui se croyait aussi fine qu'une aiguille à broder.

— Non, il ne faut pas abuser : le bien même peut fatiguer, dit Ferme-l'Œil. Tu sais bien que j'aime beaucoup à te montrer du nouveau : ce soir je vais te montrer mon frère. Il s'appelle comme moi Ferme-l'Œil ; mais il ne rend jamais qu'une seule visite à une personne. Il emmène sur son cheval celui qu'il a visité et lui raconte des histoires. Il n'en connaît que deux : l'une est si admirablement jolie que personne au monde ne peut s'en faire une idée. L'autre est si vilaine et si terrible que c'est incroyable. »

Et alors Ferme-l'Œil leva le petit Hialmar jusqu'à la fenêtre et dit : « Là, tu verras mon frère, l'autre Ferme-l'Œil ; on l'appelle aussi la Mort. Vois-tu ? Il n'est pas aussi laid qu'on le représente dans les livres d'images où il n'est qu'un squelette. Non, il a des broderies d'argent sur son habit, il porte un bel uniforme de hussard, un manteau de velours noir flotte derrière lui sur son cheval. Regarde comme il avance au grand galop. »

Hialmar vit comment le frère de Ferme-l'Œil s'avançait en faisant monter sur son cheval une quantité de personnes, jeunes et vieilles ; il en plaça quelques-unes devant lui, d'autres derrière ; mais il commençait toujours par leur dire : « Voyons votre cahier ! vos notes, quelles sont-elles ?

— Très bonnes, répondirent toutes les personnes.

— Je veux voir moi-même », dit-il.

Et alors elles furent obligées de lui montrer leurs notes. Et tous ceux qui avaient *bien* ou *très bien* furent placés sur le devant du cheval, et ils entendirent les histoires les plus admirables. Mais ceux qui avaient *passable* ou *mal* montèrent sur le derrière et furent forcés d'écouter les histoires les plus horribles. Ils tremblaient et pleuraient, et voulaient sauter en bas du cheval ; mais ils ne pouvaient pas, car ils y étaient comme attachés.

« Cependant, Ferme-l'Œil, ton frère la Mort me paraît magnifique ; je n'ai pas peur de lui.

— Et tu as bien raison, dit le petit elfe : seulement tâche d'avoir toujours de bonnes notes sur ton cahier.

— Voilà qui est instructif! murmura le portrait du bisaïeul. Il est donc quelquefois utile de dire franchement son opinion. » Et il parut satisfait.

Telle est l'histoire du petit elfe Ferme-l'Œil, cher petit lecteur; s'il revient ce soir, il t'en racontera davantage.

LA REINE DES NEIGES

EN SEPT HISTOIRES

PREMIÈRE HISTOIRE

QUI TRAITE DU MIROIR ET DE SES MORCEAUX

Voyons, nous commençons. Quand nous serons au bout de notre conte, nous en saurons bien plus que maintenant, car nous avons parmi nos personnages un vilain merle, le plus méchant de tous, le Diable.

Un jour, il était de bien bonne humeur : il venait de confectionner un miroir qui avait une merveilleuse propriété : le beau, le bien qui s'y réfléchissaient, disparaissaient presque entièrement; tout ce qui était mauvais ou déplaisant ressortait, au contraire, et prenait des proportions excessives. Les plus admirables paysages, par ce moyen, ressemblaient à des épinards cuits. Les hommes les meilleurs et les plus honnêtes paraissaient des monstres; les plus beaux semblaient tout contrefaits : on les voyait la tête en bas; ils n'avaient presque plus de corps, tant ils étaient amincis; les visages étaient contournés, grimaçants, méconnaissables; la plus petite tache de rousseur devenait énorme et couvrait le nez et les joues.

« Que c'est donc amusant! » disait le Diable en contemplant son ouvrage. Lorsqu'une pensée sage ou pieuse traversait l'esprit d'un homme, le miroir se plissait et tremblait. Le Diable enchanté riait de plus en plus de sa gentille invention. Les diablotins qui venaient chez lui à l'école, car il était professeur de diablerie, allèrent conter partout qu'un progrès énorme, incalculable, s'accomplissait enfin : c'était seulement à partir de ce jour qu'on pouvait voir au juste ce qu'il en était du monde et des humains. Ils coururent par tout l'univers avec le fameux miroir, et bientôt il n'y eut plus un pays, plus un homme qui ne s'y fût réfléchi avec des formes de caricature.

Ensuite, plus hardis, ils se mirent à voler vers le ciel pour se moquer des anges et du bon Dieu. Plus ils montaient et s'approchaient des demeures célestes, plus le miroir se contournait et frémissait, à cause des objets divins qui s'y reflétaient ; à peine s'ils pouvaient le tenir, tant il se démenait. Ils continuèrent de voler toujours plus haut, toujours plus près des anges et de Dieu. Tout à coup le miroir trembla tellement qu'il échappa aux mains des diablotins impudents ; il retomba sur la terre où il se brisa en des milliards de billiards de morceaux.

Mais il causa alors bien plus de malheurs qu'auparavant. Ses débris n'étaient pas plus gros que des grains de sable. Le vent les éparpilla à travers le vaste monde. Bien des gens reçurent de cette funeste poussière dans les yeux. Une fois là, elle y restait, et les gens voyaient tout en mal, tout en laid et tout à l'envers. Ils n'apercevaient plus que la tare de chaque créature, que les défectuosités de toute chose ; car chacun des imperceptibles fragments avait la même propriété que le miroir entier. Bien plus, il y eut de ces morceaux qui descendirent jusqu'au cœur de certaines personnes ; alors c'était épouvantable ; le cœur de ces personnes devenait comme un morceau de glace, aussi froid et aussi insensible.

Outre ces innombrables petits débris, il resta du miroir quelques fragments plus considérables, quelques-uns grands comme des carreaux de vitre : il ne faisait pas bon de considérer ses amis à travers ceux-ci. D'autres servirent de verres de lunettes : les méchants les mettaient sur leurs yeux pour paraître voir clair et discerner avec une exacte justice. Quand ils avaient ces lunettes sur le nez, ils riaient et ricanaient comme le Diable regardant son miroir ; les laideurs qu'ils découvraient partout les flattaient et chatouillaient agréablement leur esprit pervers. C'était un gigantesque miroir ; le vent continua d'en semer les débris à travers les airs.

Maintenant, écoutez bien.

DEUXIÈME HISTOIRE

UN PETIT GARÇON ET UNE PETITE FILLE

Dans la grande ville il y a tant de maisons, tant de familles, tant de monde, que tous ne peuvent avoir un jardin; la plupart doivent se contenter de quelques pots de fleurs. Deux enfants de pauvres gens avaient trouvé moyen d'avoir mieux qu'un pot de fleurs et presque un jardin. Leurs parents demeuraient dans une étroite ruelle; ils habitaient deux mansardes en face l'une de l'autre. Les toits des deux maisons se touchaient presque : on pouvait sans danger passer d'une gouttière à l'autre et se rendre visite.

Les enfants avaient devant leur fenêtre chacun une grande caisse de bois remplie de terre, où il poussait des herbes potagères pour le ménage, et aussi dans chaque caisse un rosier. Les parents eurent l'idée de poser les caisses en travers de la petite ruelle, d'une fenêtre à l'autre : ce fut un embellissement considérable : les pois suspendant leurs branches, les rosiers joignant leurs fleurs formaient comme un arc de triomphe magnifique. Les enfants venaient s'asseoir sur de petits bancs entre les rosiers. Quel plaisir, quand on leur permettait d'aller s'amuser ensemble dans ce parterre aérien! ils n'étaient pas frère et sœur, mais ils s'aimaient autant.

L'hiver, leurs plaisirs étaient interrompus. Les fenêtres étaient souvent gelées et les carreaux couverts d'une couche de glace. Les enfants faisaient alors chauffer un schelling de cuivre sur le poêle, ils l'appliquaient sur le carreau, et cela formait un petit judas tout rond, derrière lequel étincelait de chaque côté un petit œil doux et riant : c'étaient le petit garçon et la petite fille. Il se nommait Kay, elle se nommait Gerda.

En été, ils pouvaient donc aller l'un chez l'autre d'un seul saut. En hiver, il leur fallait descendre de nombreux escaliers et en remonter autant.

On était en hiver. Au-dehors la neige voltigeait par milliers de flocons.

« Ce sont les abeilles blanches, dit la grand-mère.

— Ont-elles aussi une reine? demanda le petit garçon, car il savait que les abeilles en ont une.

— Certainement, dit la grand-mère. La voilà qui vole là-bas où elles sont en masse. Elle est la plus grande de toutes. Jamais elle ne reste en place, tant elle est voltigeante. Est-elle sur terre, tout à coup elle repart se cacher dans les nuages noirs. Dans les nuits d'hiver, c'est elle qui traverse les rues des villes et regarde à travers les fenêtres qui gèlent alors et se couvrent de fleurs bizarres.

— Oui, oui, c'est ce que j'ai vu! » dirent à la fois les deux enfants; et maintenant ils savaient que c'était bien vrai ce que disait la grand-mère.

« La Reine des Neiges peut-elle entrer ici? demanda la petite fille.

— Qu'elle vienne donc! dit Kay, je la mettrai sur le poêle brûlant et elle fondra. »

Mais la grand-mère se mit à lui lisser les cheveux et raconta d'autres histoires.

Le soir de ce jour, le petit Kay était chez lui, à moitié déshabillé, prêt à se coucher. Il mit une chaise contre la fenêtre et grimpa dessus pour regarder par le petit trou rond fait au moyen du schelling chauffé. Quelques flocons de neige tombaient lentement. Le plus grand vint se fixer sur le bord d'une des caisses de fleurs; il grandit, il grandit, et finit par former une jeune fille plus grande que Gerda, habillée de gaze blanche et de tulle brodé de flocons étoilés. Elle était belle et gracieuse, mais toute de glace. Elle vivait cependant; ses yeux étincelaient comme des étoiles dans un ciel d'hiver, et étaient sans cesse en mouvement. La figure se tourna vers la fenêtre et fit un signe de la main. Le petit garçon eut peur et sauta à bas de la chaise. Un bruit se fit dehors, comme si un grand oiseau passait devant la fenêtre et de son aile frôlait la vitre.

Le lendemain il y eut une belle gelée. Puis vint le printemps; le soleil apparut, la verdure poussa, les hirondelles bâtirent leurs nids, les fenêtres s'ouvrirent, et les deux enfants se retrouvèrent assis à côté l'un de l'autre dans leur petit jardin là-haut sur le toit.

Comme les roses fleurirent superbement cet été! et que le jardin se para à plaisir! La petite fille avait appris par cœur un cantique où il était question de roses; quand elle le disait, elle pensait à celles de son jardin. Elle le chanta devant le petit garçon, elle le lui apprit, et tous deux unirent bientôt leurs voix pour chanter :

> Les roses passent et se fanent. Mais bientôt
> Nous reverrons la Noël et l'Enfant-Jésus.

Les deux petits embrassaient les fleurs comme pour leur dire adieu. Ils regardaient la clarté du soleil, et souhaitaient presque qu'il hâtât sa course pour revoir plus vite l'enfant Jésus. Pourtant, quelles belles journées se succédaient pour eux, pendant qu'ils jouaient à l'ombre des rosiers couverts de fleurs!

Un jour Kay et Gerda se trouvaient là, occupés à regarder, dans un livre d'images, des animaux, des oiseaux, des papillons. L'horloge sonna justement cinq heures à la grande église. Voilà que Kay s'écrie : « Aïe, il m'est entré quelque chose dans l'œil. Aïe, aïe, quelque chose m'a piqué au cœur. »

La petite fille lui prit le visage entre les mains, et lui regarda dans les yeux qui clignotaient; non, elle n'y vit absolument rien.

« Je crois que c'est parti », dit-il. Mais ce n'était pas parti. C'était un des morceaux de ce terrible miroir dont nous avons parlé, de ce miroir, vous vous en souvenez bien, qui fait paraître petit et laid ce qui est grand et beau, qui met en relief le côté vilain et méchant des êtres et des choses, et en fait ressortir les défauts au préjudice des qualités. Le malheureux Kay a reçu dans les yeux un de ces innombrables débris ; l'atome funeste a pénétré jusqu'au cœur, qui va se racornir et devenir comme un morceau de glace. Kay ne sentait plus aucun mal, mais ce produit de l'enfer était en lui.

« Pourquoi pleures-tu ? dit-il à la fillette que son cri de douleur avait émue ; essuie ces larmes, elles te rendent affreuse. Je n'ai plus aucun mal. — Fi donc ! s'écria-t-il en jetant les yeux autour de lui, cette rose est toute piquée de vers ; cette autre est mal faite ; toutes sont communes et sans grâce, comme la lourde boîte où elles poussent ! »Il donna un coup de pied dédaigneux contre la caisse et arracha les deux fleurs qui lui avaient déplu.

« Kay ! que fais-tu ? » s'écria la petite fille, comme s'il commettait un sacrilège.

La voyant ainsi effrayée, Kay arracha encore une rose, puis s'élança dans sa mansarde sans dire adieu à sa gentille et chère compagne. Que voulez-vous ? C'était l'effet du grain de verre magique.

Le lendemain, ils se mirent à regarder de nouveau dans le livre d'images. Kay n'y vit que d'affreux magots, des êtres ridicules et mal bâtis, des monstres grotesques. Quand la grand-mère racontait de nouveau des histoires, il venait tout gâter avec un *mais*, ou bien il se plaçait derrière la bonne vieille, mettait ses lunettes et faisait des grimaces. Il ne craignit pas de contrefaire la grand-mère, d'imiter son parler, et de faire rire tout le monde aux dépens de l'aïeule vénérable. Ce goût de singer les personnes qu'il voyait, de reproduire comiquement leurs ridicules, s'était tout à coup développé en lui. On riait beaucoup à le voir ; on disait : « Ce petit garçon est malin, il a de l'esprit. » Il alla jusqu'à taquiner la petite Gerda, qui lui était dévouée de toute son âme. Tout cela ne provenait que de ce fatal grain de verre qui lui était entré au cœur.

Dès lors, il ne joua plus aux mêmes jeux qu'auparavant ; il joua à des jeux raisonnables, à des jeux de calcul. Un jour qu'il neigeait (l'hiver était revenu), il prit une loupe qu'on lui avait donnée, et, tendant le bout de sa jaquette bleue au-dehors, il y laissa tomber des flocons. « Viens voir à travers le verre, Gerda », dit Kay. Les flocons à travers la loupe paraissaient beaucoup plus gros ; ils formaient des hexagones, des octogones et autres figures géométriques. « Regarde ! reprit Kay, comme c'est arrangé avec art et régularité ; n'est-ce pas bien plus intéressant que des fleurs ? Ici, pas un côté de l'étoile qui dépasse l'autre, tout est symétrique ; il est fâcheux que cela fonde si vite. S'il en était autrement, il n'y aurait rien de plus beau qu'un flocon de neige. »

Le lendemain, il vint avec ses gants de fourrure et son traîneau sur le dos. Il cria aux oreilles de Gerda comme tout joyeux de la laisser seule : « On m'a permis d'aller sur la grand-place où jouent les autres garçons ! » Aussitôt dit, il disparut.

Là, sur la grand-place, les gamins hardis attachaient leurs traîneaux aux charrettes des paysans et se faisaient ainsi traîner un bout de chemin. C'était une excellente manière de voyager. Kay et les autres étaient en train de s'amuser, quand survint un grand traîneau peint en blanc. On y voyait assis un personnage couvert d'une épaisse fourrure blanche, coiffé de même. Le traîneau fit deux fois le tour de la place. Kay y attacha le sien et se fit promener ainsi.

Le grand traîneau alla plus vite, encore plus vite ; il quitta la place et fila par la grand-rue. Le personnage qui le conduisait se retourna et fit à Kay un signe de tête amical, comme s'ils étaient des connaissances. Chaque fois que Kay voulait détacher son traîneau, le personnage le regardait, en lui adressant un de ses signes de tête, et Kay subjugué restait tranquille.

Les voilà qui sortent des portes de la ville. La neige commençait à tomber à force. Le pauvre petit garçon ne voyait plus à deux pas devant lui ; et toujours on courait avec plus de rapidité.

La peur le prit. Il dénoua enfin la corde qui liait son traîneau à l'autre. Mais il n'y eut rien de changé : son petit véhicule était comme rivé au grand traîneau qui allait comme le vent. Kay se mit à crier au secours ; personne ne l'entendit ; la neige tombait de plus en plus épaisse ; le traîneau volait dans une course vertigineuse ; parfois il y avait un cahot comme si l'on sautait par-dessus un fossé ou par-dessus une haie ; mais on n'avait pas le temps de les voir. Kay était dans l'épouvante. Il voulut prier, dire son *Pater* ; il n'en put retrouver les paroles ; au lieu de réciter le *Pater*, il récitait la table de multiplication, et le malheureux enfant se désolait. Les flocons tombaient de plus en plus drus ; ils devenaient de plus en plus gros ; à la fin on eût dit des poules blanches aux plumes hérissées. Tout d'un coup le traîneau tourna de côté et s'arrêta. La personne qui le conduisait se leva : ces épaisses fourrures qui la couvraient étaient toutes de neige d'une blancheur éclatante. Cette personne était une très grande dame : c'était la Reine des Neiges.

« Nous avons été bon train, dit-elle. Malgré cela, je vois que tu vas geler, mon ami Kay. Viens donc te mettre sous mes fourrures de peaux d'ours. »

Elle le prit, le plaça à côté d'elle, rabattit sur lui son manteau. Elle avait beau parler de ses peaux d'ours, Kay crut s'enfoncer dans une masse de neige.

« As-tu encore froid ? » dit-elle. Elle l'embrassa sur le front. Le baiser était plus froid que glace, et lui pénétra jusqu'au cœur qui était déjà à moitié glacé. Il se sentit sur le point de rendre l'âme. Mais ce ne fut que la sensation d'un instant. Il se trouva ensuite tout réconforté et n'éprouva plus aucun frisson.

« Mon traîneau ! dit-il ; n'oublie pas mon traîneau ! »

C'est à quoi il avait pensé d'abord en revenant à lui. Une des poules blanches qui voltigeaient dans l'air fut attelée au traîneau de l'enfant ; elle suivit sans peine le grand traîneau qui continua sa course.

La Reine des Neiges donna à Kay un second baiser. Il n'eut plus alors le moindre souvenir pour la petite Gerda, pour la grand-mère ni pour les siens.

« Maintenant je ne t'embrasserai plus, dit-elle, car un nouveau baiser serait ta mort. »

Kay la regarda en face, l'éclatante souveraine ! Qu'elle était belle ! On ne pouvait imaginer un visage plus gracieux et plus séduisant. Elle ne lui parut plus formée de glace comme la première fois qu'il l'avait vue devant la fenêtre de la mansarde et qu'elle lui avait fait un signe amical. Elle ne lui inspirait aucune crainte. Il lui raconta qu'il connaissait le calcul de tête et même par fractions, et qu'il savait le nombre juste des habitants et des lieues carrées du pays.

La Reine souriait en l'écoutant. Kay se dit que ce n'était peut-être pas assez de ces connaissances dont il était si fier.

Il regarda dans le vaste espace des airs, il se vit emporté avec elle vers les nuages noirs. La tempête sifflait, hurlait : c'était une mélodie sauvage comme celle des antiques chants de combat. Ils passèrent par-dessus les bois, les lacs, la mer et les continents. Ils entendirent au-dessous d'eux hurler les loups, souffler les ouragans, rouler les avalanches. Au-dessus volaient les corneilles aux cris discordants. Mais plus loin brillait la lune dans sa splendide clarté. Kay admirait les beautés de la longue nuit d'hiver. Le jour venu, il s'endormit aux pieds de la Reine des Neiges.

TROISIÈME HISTOIRE

LE JARDIN DE LA FEMME QUI SAVAIT FAIRE DES ENCHANTEMENTS

Que devint la petite Gerda lorsqu'elle ne vit pas revenir son camarade Kay ? Où pouvait-il être resté ? Personne n'en savait rien ; personne n'avait vu par où il était passé. Un gamin seulement raconta qu'il l'avait vu attacher son traîneau à un autre, un très grand, qui était sorti de la ville. Personne depuis ne l'avait aperçu. Bien des larmes furent versées à cause de lui. La petite Gerda pleura plus que tous.

« Il est mort, disait-elle ; il se sera noyé dans la rivière qui coule près de l'école.

Et elle recommençait à sangloter. Oh ! que les journées d'hiver lui semblèrent longues et sombres !

Enfin le printemps revint, ramenant le soleil et la joie ; mais Gerda ne se consolait point.

« Kay est mort, disait-elle encore, il est parti pour toujours.

— Je ne crois pas, répondit le rayon de soleil.

— Il est mort ; je ne le verrai plus ! dit-elle aux hirondelles.

— Nous n'en croyons rien », répliquèrent celles-ci.

A la fin, Gerda elle-même ne le crut plus.

« Je vais mettre mes souliers rouges tout neufs, se dit-elle un matin, ceux que Kay n'a jamais vus, et j'irai trouver la rivière et lui demander si elle sait ce qu'il est devenu. »

Il était de très bonne heure. Elle donna un baiser

à la vieille grand-mère qui dormait encore, et elle mit ses souliers rouges. Puis elle partit toute seule, passa la porte de la ville et arriva au bord de la rivière.

« Est-il vrai, lui dit-elle, que tu m'as pris mon ami Kay ? Je veux bien te donner mes jolis souliers de maroquin rouge si tu veux me le rendre. »

Il lui parut que les vagues lui répondaient par un balancement singulier. Elle prit ses beaux souliers qu'elle aimait par-dessus tout et les lança dans l'eau. Mais elle n'était pas bien forte, la petite Gerda : ils tombèrent près de la rive, et les petites vagues les repoussèrent à terre. Elle aurait pu voir par-là que la rivière ne voulait pas garder ce présent, parce qu'elle n'avait pas le petit Kay à lui rendre en échange. Mais Gerda crut qu'elle n'avait pas jeté les souliers assez loin du bord ; elle s'avisa donc de monter sur un bateau qui se trouvait là au milieu des joncs. Elle alla jusqu'à l'extrême bout du bateau, et de là lança de nouveau ses souliers à l'eau.

La barque n'était pas attachée au rivage. Par le mouvement que lui imprima Gerda, elle s'éloigna du bord. La fillette s'en aperçut et courut pour sauter dehors ; mais lorsqu'elle revint à l'autre bout, il y avait déjà la distance de trois pieds entre la terre et le bateau.

Le bateau se mit à descendre la rivière. Gerda, saisie de frayeur, commença à pleurer. Personne ne l'entendit, excepté les moineaux ; mais ils ne pouvaient pas la rapporter à terre. Cependant, comme pour la consoler, ils volaient le long de la rive et criaient : « Her ere vi ! her ere vi[1] ! »

La nacelle suivait toujours le cours de l'eau. Gerda avait cessé de pleurer et se tenait tranquille. Elle n'avait aux pieds que ses bas. Les petits souliers rouges flottaient aussi sur la rivière, mais ils ne pouvaient atteindre la barque qui glissait plus vite qu'eux.

1. Ces mots, qui forment une onomatopée, ont le sens de : « Si, nous voici ; si, nous voici ! »

Sur les deux rives poussaient de vieux arbres, de belles fleurs, du gazon touffu où paissaient des moutons ; c'était un beau spectacle. Mais on n'apercevait pas un être humain. « Peut-être, pensa Gerda, la rivière me mène-t-elle auprès du petit Kay. » Cette pensée dissipa son chagrin. Elle se leva et regarda longtemps le beau paysage verdoyant.

Elle arriva enfin devant un grand verger tout planté de cerisiers. Il y avait là une étrange maisonnette dont les fenêtres avaient des carreaux rouges, bleus et jaunes, et dont le toit était de chaume. Sur le seuil se tenaient deux soldats de bois qui présentaient les armes aux gens qui passaient.

Gerda les appela à son secours : elle les croyait vivants. Naturellement, ils ne bougèrent pas. Cependant la barque approchait de la terre. Gerda cria plus fort. Alors sortit de la maisonnette une vieille, vieille femme qui s'appuyait sur une béquille ; elle avait sur la tête un grand chapeau de paille enguirlandé des plus belles fleurs.

« Pauvre petite, dit-elle, comment es-tu arrivée ainsi sur le grand fleuve rapide ? Comment as-tu été entraînée si loin à travers le monde ? »

Et la bonne vieille entra dans l'eau ; avec sa béquille elle atteignit la barque, l'attira sur le bord, et enleva la petite Gerda. L'enfant, lorsqu'elle eut de nouveau les pieds sur la terre, se réjouit fort ; toutefois elle avait quelque frayeur de l'étrange vieille femme.

« Raconte-moi, dit celle-ci, qui tu es et d'où tu viens. »

Gerda lui fit le récit de tout ce qui lui était arrivé. La vieille secouait la tête et disait : « Hum ! hum ! » Lorsque la fillette eut terminé son récit, elle demanda à la vieille si elle n'avait pas aperçu le petit Kay. La vieille répondit qu'il n'avait point passé devant sa maison, mais ne tarderait sans doute pas à venir. Elle exhorta Gerda à ne plus se désoler, et l'engagea à goûter ses cerises et à admirer ses fleurs.

« Elles sont plus belles, ajouta-t-elle, que toutes

celles qui sont dans les livres d'images; et, de plus, j'ai appris à chacune d'elles à raconter une histoire. »

Elle prit l'enfant par la main et la conduisit dans la maisonnette dont elle ferma la porte. Les fenêtres étaient très élevées au-dessus du sol; les carreaux de vitre étaient, avons-nous dit, rouges, bleus et jaunes. La lumière du jour, passant à travers ces carreaux, colorait tous les objets d'une bizarre façon. Sur la table se trouvaient de magnifiques cerises, et Gerda en mangea autant qu'elle voulut, elle en avait la permission.

Pendant qu'elle mangeait les cerises, la vieille lui lissa les cheveux avec un peigne d'or et en forma de jolies boucles qui entourèrent comme d'une auréole le gentil visage de la fillette, frais minois tout rond et semblable à un bouton de rose.

« J'ai longtemps désiré, dit la vieille, avoir auprès de moi une aimable enfant comme toi. Tu verras comme nous ferons bon ménage ensemble. »

Pendant qu'elle peignait ainsi les cheveux de Gerda, celle-ci oubliait de plus en plus son petit ami Kay. C'est que la vieille était une magicienne, mais ce n'était pas une magicienne méchante; elle ne faisait des enchantements que pour se distraire un peu. Elle aimait la petite Gerda et désirait la garder auprès d'elle.

C'est pourquoi elle alla au jardin et toucha de sa béquille tous les rosiers; et tous, même ceux qui étaient pleins de vie, couverts des plus belles fleurs, disparurent sous terre; on n'en vit plus trace. La vieille craignait que, si Gerda apercevait des roses, elles ne lui rappelassent celles qui étaient dans la caisse de la mansarde; alors l'enfant se souviendrait de Kay, son ami, et se sauverait à sa recherche.

Quand elle eut pris cette précaution, elle mena la petite dans le jardin. Ce jardin était splendide : quels parfums délicieux on y respirait! Les fleurs de toutes saisons y brillaient du plus vif éclat. Jamais, en effet, dans aucun livre d'images, on n'en avait pu voir de pareilles. Gerda sautait de joie; elle courut à travers les parterres, jusqu'à ce que le soleil se fût couché derrière les cerisiers. La vieille la ramena alors dans la maisonnette; elle la coucha dans un joli petit lit aux coussins de soie rouge brodés de violettes. Gerda s'endormit et fit des rêves aussi beaux qu'une reine le jour de son mariage.

Le lendemain, elle retourna jouer au milieu des fleurs, dans les chauds rayons du soleil. Ainsi se passèrent bien des jours. Gerda connaissait maintenant toutes les fleurs du jardin : il y en avait des centaines; mais il lui semblait parfois qu'il en manquait une sorte; laquelle? elle ne savait.

Voilà qu'un jour elle regarda le grand chapeau de la vieille, avec la guirlande de fleurs. Parmi elles, la plus belle était une rose. La vieille avait oublié de l'enlever. On pense rarement à tout.

« Quoi! s'écrie aussitôt Gerda, n'y aurait-il pas de roses ici? Cherchons. »

Elle se mit à parcourir tous les parterres; elle eut beau fureter partout, elle ne trouva rien. Elle se jeta par terre en pleurant à chaudes larmes. Ces larmes tombèrent justement à l'endroit où se trouvait un des rosiers que la vieille avait fait rentrer sous terre. Lorsque la terre eut été arrosée de ces larmes, l'arbuste en surgit tout à coup, aussi magnifiquement fleuri qu'au moment où il avait disparu.

A cette vue, Gerda ne se contint pas de joie. Elle baisait chacune des roses l'une après l'autre. Puis elle pensa à celles qu'elle avait laissées devant la fenêtre de la mansarde, et alors elle se souvint du petit Kay.

« Dieu! dit-elle, que de temps on m'a fait perdre ici! Moi, qui étais partie pour chercher Kay, mon compagnon! Ne savez-vous pas où il pourrait être? demanda-t-elle aux roses. Croyez-vous qu'il soit mort?

— Non, il ne l'est pas, répondirent-elles. Nous venons de demeurer sous terre; là sont tous les morts, et lui ne s'y trouvait pas.

— Merci ! grand merci ! » dit Gerda. Elle courut vers les autres fleurs ; s'arrêtant auprès de chacune, prenant dans ses mains mignonnes leur calice, elle leur demanda : « Ne savez-vous pas ce qu'est devenu le petit Kay ? »

Les fleurs lui répondirent. Gerda entendit les histoires qu'elles savaient raconter, mais c'étaient des rêveries. Quant au petit Kay, aucune ne le connaissait.

Que disait donc le lis rouge ?

« Entends-tu le tambour ? Boum, boum ! Toujours ces deux sons ; toujours boum, boum ! Entends-tu le chant plaintif des femmes, les prêtres qui donnent des ordres ? Revêtue de son grand manteau rouge, la veuve de l'Indou est sur le bûcher. Les flammes commencent à s'élever autour d'elle et du corps de son mari. La veuve n'y fait pas attention ; elle pense à celui dont les yeux jetaient une lumière plus vive que ces flammes ; à celui dont les regards avaient allumé dans son cœur un incendie plus fort que celui qui va réduire son corps en cendres. Crois-tu que la flamme de l'âme puisse périr dans les flammes du bûcher ?

— Comment veux-tu que je le sache ? dit la petite Gerda.

— Mon histoire est terminée », dit le lis rouge.

Que raconta le liseron ?

« Sur la pente de la montagne est suspendu un vieux donjon ; le lierre pousse par touffes épaisses autour des murs et grimpe jusqu'au balcon. Là se tient debout une jeune fille ; elle se penche au-dessus de la balustrade et regarde le long de l'étroit sentier. Quelle fleur dans ces ruines ! La rose n'est pas plus fraîche et ne pend point avec plus de grâce à sa tige ; la fleur du pommier n'est pas plus légère et plus aérienne. Quel doux frou-frou font ses vêtements de soie !

« Ne vient-il donc pas ? murmure-t-elle.

— Est-ce de Kay que tu parles ? demanda la petite Gerda.

— Non, il ne figure pas dans mon conte », répondit le liseron.

Que dit la petite perce-neige?

« Entre les branches, une planche est suspendue par des cordes, c'est une escarpolette. Deux gentilles fillettes s'y balancent; leurs vêtements sont blancs comme la neige; à leurs chapeaux flottent de longs rubans verts. Leur frère, qui est plus grand, fait aller l'escarpolette. Il a ses bras passés dans les cordes pour se tenir. Une petite coupe dans une main, un chalumeau dans l'autre, il souffle des bulles de savon; et tandis que la balançoire vole, les bulles aux couleurs changeantes montent dans l'air. En voici une au bout de la paille, elle s'agite au gré du vent. Le petit chien noir accourt et se dresse sur les pattes de derrière; il voudrait aller aussi sur la balançoire, mais elle ne s'arrête pas; il se fâche, il aboie. Les enfants le taquinent, et pendant ce temps les jolies bulles crèvent et s'évanouissent.

— C'est gentil ce que tu contes là, dit Gerda à la perce-neige; mais pourquoi ton accent est-il si triste? Et le petit Kay? Tu ne sais rien de lui non plus? »

La perce-neige reste silencieuse.

Que racontent les hyacinthes?

« Il y avait trois jolies sœurs, toutes habillées de gaze, l'une en rouge, l'autre en bleu, la dernière en blanc. Elles dansaient en rond à la clarté de la lune sur la rive du lac. Ce n'étaient pas des elfes, c'étaient des enfants des hommes. L'air était rempli de parfums enivrants. Les jeunes filles disparurent dans le bois. Qu'arriva-t-il? quel malheur les frappa? Voyez cette barque qui glisse sur le lac : elle porte trois cercueils où les corps des jeunes filles sont enfermés. Elles sont mortes; la cloche du soir sonne le glas funèbre.

— Sombres hyacinthes, interrompit Gerda, votre histoire est trop lugubre. Elle achève de m'attrister. Dites-moi, mon ami Kay est-il mort comme vos jeunes filles? Les roses disent que non, et vous, qu'en dites-vous?

— Kling, klang, répondirent les hyacinthes, le glas ne sonne pas pour le petit Kay. Nous ne le connaissons pas. Nous chantons notre chanson, nous n'en savons point d'autre. »

Gerda interrogea la dent-de-lion qu'elle voyait s'épanouir dans l'herbe verte.

« Tu brilles comme un petit soleil, lui dit-elle ; sais-tu où je pourrais trouver mon camarade de jeux ? »

La dent-de-lion brillait en effet sur le gazon ; elle entonna une chanson, mais il n'y était pas question de Kay.

« Dans une petite cour, dit-elle, un des premiers jours du printemps, le soleil du bon Dieu dardait ses doux rayons sur les blanches murailles, au pied desquelles se montrait la première fleur jaune de l'année, reluisante comme une pièce d'or. La vieille grand-mère était assise dans un fauteuil ; sa petite-fille accourut et embrassa la grand-mère ; ce n'était qu'une pauvre petite servante ; eh bien, son baiser valait seul plus que tous les trésors du monde, parce qu'elle y avait mis tout son cœur. Mon histoire est finie, je n'en ai pas appris davantage.

— Pauvre grand-mère ! soupira Gerda ; elle me cherche, elle s'afflige à cause de moi, comme je le faisais pour le petit Kay ; mais je serai bientôt de retour et je le ramènerai. Laissons maintenant ces fleurs ; les égoïstes, elles ne sont occupées que d'elles-mêmes ! »

Sur ce, elle retrousse sa petite robe pour pouvoir marcher plus vite ; elle court jusqu'au bout du jardin. La porte était fermée ; mais elle pousse de toutes ses forces le verrou et le fait sortir du crampon. La porte s'ouvre et la petite se précipite, pieds nus, à travers le vaste monde.

Trois fois elle s'arrêta dans sa course pour regarder en arrière ; personne ne la poursuivait. Quand elle fut bien fatiguée, elle s'assit sur une grosse pierre ; elle jeta les yeux autour d'elle et s'aperçut que l'été était passé, et qu'on était à la fin de l'automne. Dans le beau jardin, elle ne s'était pas rendu compte de la fuite du temps ; le soleil y brillait toujours du même éclat, et toutes les saisons y étaient confondues. « Que je me suis attardée ! se dit-elle. Comment ! nous voici déjà en automne ! Marchons vite, je n'ai plus le temps de me reposer ! »

Elle se leva pour reprendre sa course ; mais ses petits membres étaient roidis par la fatigue, et ses petits pieds meurtris. Le temps d'ailleurs n'était pas encourageant, le paysage était dépourvu d'attraits. Le ciel était terne et froid. Les saules avaient encore des feuilles, mais elles étaient jaunes et tombaient l'une après l'autre. Il n'y avait plus de fruits aux arbres, excepté les prunelles qu'on y voyait encore ; elles étaient âpres et amères ; la bouche en y touchant se contractait. Que le vaste monde avait un triste aspect ! que tout y semblait gris, morne et maussade !

QUATRIÈME HISTOIRE

PRINCE ET PRINCESSE

Bientôt Gerda dut s'arrêter de nouveau, elle n'avait plus la force d'avancer. Pendant qu'elle se reposait un peu, une grosse corneille perchée sur un arbre en face d'elle la considérait curieusement. La corneille agita la tête de droite et de gauche et cria : « Crah, crah, g'tak, g'tak ! » C'est à peu près ainsi qu'on dit bonjour en ce pays, mais la brave bête avait un mauvais accent. Si elle prononçait mal, elle n'en était pas moins bienveillante pour la petite fille, et elle lui demanda où elle allait ainsi toute seule à travers le vaste monde.

Gerda ne comprit guère que le mot « toute seule », mais elle en connaissait la valeur par expérience et se rendit compte de la question de la corneille. Elle lui fit le récit de ses aventures, et finit par lui demander si elle n'avait pas vu le petit Kay.

L'oiseau, branlant la tête d'un air grave, répondit : « Cela pourrait être, cela se pourrait.

— Comment ! tu crois l'avoir vu ! » s'écria Gerda transportée de joie. Elle serra dans ses bras l'oiseau, qui s'était approché d'elle ; elle l'embrassa si fort qu'elle faillit l'étouffer.

« Un peu de raison, un peu de calme, dit la corneille. Je crois, c'est-à-dire je suppose, cela pourrait être. Oui, oui, il est possible que ce soit le petit Kay ; je ne dis rien de plus. Mais en tout cas il t'aura oubliée, car il ne pense plus qu'à sa princesse.

— Une princesse ! reprit Gerda ; il demeure chez une princesse !

— Oui, voici la chose, dit la corneille. Mais il m'est pénible de parler ta langue ; ne connais-tu pas celle des corneilles[1] ?

— Non, je ne l'ai pas apprise, dit Gerda. Grand-mère la savait. Pourquoi ne me l'a-t-elle pas enseignée ?

— Cela ne fait rien, repartit la corneille ; je tâcherai de faire le moins de fautes possible. Mais il faudra m'excuser si, comme je le crains, je pèche contre la grammaire. »

Et elle se mit à conter ce qui suit :

« Dans le royaume où nous nous trouvons règne une princesse qui a de l'esprit comme un ange. C'est qu'elle a lu toutes les gazettes qui s'impriment dans l'univers, et surtout qu'elle a eu la sagesse d'oublier tout ce qu'elle y a lu. Dernièrement, elle était assise sur son trône, et, par parenthèse, il paraît qu'être assis sur un trône n'est pas aussi agréable qu'on le croit communément et ne suffit pas au bonheur. Pour se distraire, elle se mit à chanter une chanson : la chanson était par hasard celle qui a pour refrain

Pourquoi donc ne me marierais-je pas ?

« Mais en effet, se dit la princesse, pourquoi ne me marierais-je pas ? » Seulement il lui fallait un mari qui sût parler, causer, lui donner la réplique. Elle ne voulait pas de ces individus graves et prétentieux, ennuyeux et solennels. Au son du tambour, elle convoqua ses dames d'honneur et leur fit part de l'idée qui lui était venue. « C'est charmant, lui dirent-elles toutes ; c'est ce que nous nous disons tous les jours : pourquoi la princesse ne se marie-t-elle pas ? »

1. On appelle ainsi, en Danemark, une espèce de *javanais*, de langage de convention. On ajoute à chaque syllabe une syllabe qui ne compte pas.

« Tu peux être certaine, ajouta ici la corneille, que tout ce que je raconte est absolument exact. Je tiens le tout de mon fiancé, qui se promène partout dans le palais. »

Ce fiancé était naturellement une corneille, une corneille apprivoisée, car les corneilles n'épousent que les corneilles. Bien, reprenons notre récit :

« Donc, continua la corneille, les journaux du pays, bordés pour la circonstance d'une guirlande de cœurs enflammés entre-mêlés du chiffre de la princesse, annoncèrent que tous les jeunes gens d'une taille bien prise et d'une jolie figure pourraient se présenter au palais et venir deviser avec la princesse : celui d'entre eux qui causerait le mieux et montrerait l'esprit le plus aisé et le plus naturel, deviendrait l'époux de la princesse.

« Oui, oui, dit la corneille, tu peux me croire, c'est comme cela que les choses se passèrent ; je n'invente rien, aussi vrai que nous sommes ici l'une à côté de l'autre.

« Les jeunes gens accoururent par centaines. Mais ils se faisaient renvoyer l'un après l'autre. Aussi longtemps qu'ils étaient dans la rue, hors du palais, ils babillaient comme des pies. Une fois entrés par la grande porte, entre la double haie des gardes chamarrés d'argent, ils perdaient leur assurance. Et quand des laquais, dont les habits étaient galonnés d'or, les conduisaient par l'escalier monumental dans les vastes salons, éclairés par des lustres nombreux, les pauvres garçons sentaient leurs idées s'embrouiller ; arrivés devant le trône où siégeait majestueusement la princesse, ils ne savaient plus rien dire, ils répétaient piteusement le dernier mot de ce que la princesse leur disait, ils balbutiaient. Ce n'était pas du tout l'affaire de la princesse.

« On aurait dit que ces malheureux jeunes gens étaient tous ensorcelés et qu'un charme leur liait la langue. Une fois sortis du palais et de retour dans la rue, ils recouvraient l'usage de la parole et jasaient de plus belle.

« Ce fut ainsi le premier et le second jour. Plus on en éconduisait, plus il en venait ; on eût dit qu'il en sortait de terre, tant l'affluence était grande. C'était une file depuis les portes de la ville jusqu'au palais. Je l'ai vu, vu de mes yeux, répéta la corneille.

« Ceux qui attendaient leur tour dans la rue eurent le temps d'avoir faim et soif. Les plus avisés avaient apporté des provisions ; ils se gardaient bien de les partager avec leurs voisins : « Que leurs langues se dessèchent ! pensaient-ils ; comme cela ils ne pourront pas dire un mot à la princesse ! »

— Mais Kay, le petit Kay ? demanda Gerda. Quand parut-il ? Était-il parmi la foule ?

— Attends, attends donc, reprit la corneille, tu es trop impatiente. Nous arrivons justement à lui. Le troisième jour on vit s'avancer un petit bonhomme qui marchait à pied. Beaucoup d'autres venaient à cheval ou en voiture et faisaient les beaux seigneurs. Il se dirigea d'un air gai vers le palais. Ses yeux brillaient comme les tiens. Il avait de beaux cheveux longs. Mais ses habits étaient assez pauvres.

— Oh ! c'était Kay, bien sûr, s'écria Gerda. Je l'ai donc retrouvé.

— Il portait sur son dos une petite valise...

— Oui, c'était son traîneau avec lequel il partit sur la grand-place.

— Cela peut bien être, dit la corneille ; je ne l'ai pas vu de près. Ce que je sais par mon fiancé, qui est incapable d'altérer la vérité, c'est qu'ayant atteint la porte du château, il ne fut nullement intimidé par les suisses, ni par les gardes aux uniformes brodés d'argent, ni par les laquais tous galonnés d'or. Lorsqu'on voulut le faire attendre au bas de l'escalier, il dit : « Merci, c'est trop ennuyeux de faire le pied de grue. » Il monta sans plus attendre et pénétra dans les salons illuminés de centaines de lustres. Il n'en fut pas ébloui. Là il vit les ministres et les excellences qui, chaussés de pantoufles pour ne pas faire de bruit, encensaient le trône. Les bottes du jeune intrus craquaient affreusement. Tout le monde le regardait avec indignation. Il n'avait pas seulement l'air de s'en apercevoir.

— C'était certainement Kay, dit Gerda. Je sais qu'au moment où il disparut on venait justement de lui acheter des bottes neuves. Je les ai entendues craquer, le jour même où il partit.

— Oui, elles faisaient un bruit diabolique, poursuivit la corneille. Lui, comme si de rien n'était, marcha bravement vers la princesse, qui était assise sur une perle énorme, grosse comme un coussin. Elle était entourée de ses dames d'honneur qui avaient avec elles leurs suivantes. Les chevaliers d'honneur faisaient cercle également ; derrière eux se tenaient leurs domestiques, accompagnés de leurs grooms. C'étaient ces derniers qui avaient l'air le plus imposant et le plus rébarbatif. Le jeune homme ne fit même pas attention à eux.

— Ce devait pourtant être terrible que de s'avancer au milieu de tout ce beau monde ! dit Gerda. Mais finalement Kay a donc épousé la princesse ?

— Ma foi, si je n'étais pas une corneille, c'est moi qui l'aurais pris pour mari. Il parla aussi spirituellement que je puis le faire, que je puis le faire quand je parle la langue des corneilles. Mon fiancé m'a raconté comment l'entrevue se passa. Le nouveau venu fut gai, aimable, gracieux. Il était d'autant plus à l'aise qu'il n'était pas venu dans l'intention d'épouser la princesse, mais pour vérifier seulement si elle avait autant d'esprit qu'on le disait. Il la trouva charmante, et elle le trouva à son goût.

— Plus de doute, dit Gerda, c'était Kay. Il savait tant de choses, même calculer de tête avec des fractions. Écoute, ne pourrais-tu pas m'introduire au palais ?

— Comme tu y vas ! reprit la corneille. Ce que tu me demandes là n'est pas facile. Cependant je veux bien en aller causer avec mon fiancé, il trouvera peut-être un moyen de t'introduire. Mais, je te le répète, jamais une petite fille comme toi, et sans souliers, n'est entrée dans les beaux appartements du palais.

— C'est égal, dit Gerda, quand Kay saura que je suis là il accourra à l'instant me chercher.

— Eh bien! allons, dit la corneille, le château n'est pas loin; tu m'attendras à la grille. »

Elle fit à l'enfant un signe de tête et s'envola. Elle ne revint que le soir assez tard : « Rare, rare! dit-elle, bien des compliments pour toi de la part de mon bon ami, il t'envoie le petit pain que voici, il l'a pris à l'office où il y a tant et tant de pains, parce qu'il a pensé que tu dois avoir faim. Quant à entrer au palais, il n'y faut pas penser : tu n'as pas de souliers. Les gardes chamarrés d'argent, les laquais vêtus de brocart ne le souffriraient pas. C'est impossible. Mais ne pleure pas, tu y entreras tout de même. Mon bon ami, qui est capable de tout pour m'obliger, connaît un escalier dérobé par où l'on arrive à la chambre nuptiale, et il sait où en trouver la clef. »

La corneille conduisit l'enfant dans le parc par la grande allée, et de même que les feuilles des arbres tombaient l'une après l'autre, de même sur la façade du palais les lumières s'éteignirent l'une après l'autre. Lorsqu'il fut tout à fait sombre, la corneille mena Gerda à une porte basse qui était entrebâillée.

Oh! que le cœur de la fillette palpitait d'angoisse et de désir impatient! Elle s'avançait dans l'ombre furtivement. Si on l'avait vue, on aurait supposé qu'elle allait commettre quelque méfait, et cependant elle n'avait d'autre intention que de s'assurer si le petit Kay était bien là. Elle n'en doutait presque plus; le signalement donné par la corneille ne lui paraissait pas applicable à un autre. Les yeux vifs et intelligents, les beaux cheveux longs, la langue déliée et bien pendue, comme on dit, tout lui désignait le petit Kay. Elle le voyait déjà devant elle; elle se le représentait lui souriant comme lorsqu'ils étaient assis côte à côte sous les rosiers de la mansarde.

« Comme il va se réjouir de me revoir! pensait-elle. Comme il sera curieux d'apprendre le long chemin que j'ai fait à cause de lui ! Et qu'il sera touché de savoir la désolation qui a régné chez lui et chez nous, lorsqu'on ne l'a pas vu revenir ! »

Elles montèrent l'escalier. En haut se trouvait une petite lampe allumée sur un meuble. La corneille apprivoisée était sur le sol, sautillant et tournant coquettement la tête de côté et d'autre. Gerda, s'inclinant, lui fit une belle révérence, comme sa grand-mère lui avait appris à la faire.

« Ma fiancée m'a dit beaucoup de bien de vous, ma petite demoiselle, dit la corneille. Vos malheurs m'ont émue, et j'ai promis de vous venir en aide. Maintenant, voulez-vous prendre la lampe ? je vous montrerai le chemin. N'ayez pas peur, nous ne rencontrerons personne.

— Il me semble, dit Gerda, qu'il vient quelqu'un derrière nous. »

On voyait, en effet, se dessiner sur la muraille des ombres de chevaux aux crinières flottantes, aux jambes maigres, tout un équipage de chasse, des cavaliers et des dames sur les chevaux galopants.

« Ce sont des fantômes, dit la corneille ; ils viennent chercher les pensées de Leurs Altesses pour les mener à la chasse folle des rêves. Cela n'en vaut que mieux pour vous. Le prince et la princesse se réveilleront moins aisément, et vous aurez le temps de les mieux considérer. Je n'ai pas besoin de vous dire que, si vous arrivez aux honneurs et aux dignités, nous espérons que vous vous montrerez reconnaissante envers nous.

— Cela s'entend de soi », dit la corneille rustique. On voyait bien par ces mots qu'elle n'était guère civilisée et n'avait pas l'expérience des cours.

Elles arrivèrent dans une première salle, dont les murs étaient tendus de satin rose brodé de fleurs. Les Rêves y passèrent, s'en revenant au galop, mais si vite, que Gerda n'eut pas le temps de voir les pensées de Leurs Altesses, qu'ils emmenaient. Puis elles entrèrent dans une autre salle, puis dans une troisième, l'une plus magnifique que l'autre. Oui, certes, il y avait de quoi perdre sa présence d'esprit en voyant ce luxe prodigieux. Mais Gerda y arrêtait à peine les yeux, et ne pensait qu'à revoir Kay, son compagnon.

Les voici enfin dans la chambre à coucher. Le plafond en cristal formait une large couronne de feuilles de palmier. Au milieu s'élevait une grosse tige d'or massif, qui portait deux lits semblables à des fleurs de lis : l'un blanc, où reposait la princesse ; l'autre couleur de feu, où reposait le prince. Gerda s'en approcha, sûre d'y trouver son ami. Elle releva une des feuilles jaune-rouge, qu'on rabaissait le soir ; elle vit la nuque du dormeur, dont les bras cachaient le visage. Elle crut reconnaître cette nuque légèrement brune, et elle appela Kay par son nom, tenant la lampe en avant pour qu'il la vît en ouvrant les yeux. Les fantômes du rêve arrivèrent au triple galop, ramenant l'esprit du jeune prince. Il s'éveilla, tourna la tête.

Ce n'était pas le petit Kay !

Ils ne se ressemblaient que par la nuque. Le prince ne laissait pourtant pas d'être un joli garçon. Voilà que la princesse avança sa gentille figure sous les feuilles de lis blanches, et demanda qui était là. La petite Gerda, sanglotant, resta un moment sans répondre ; ensuite elle raconta toute son histoire, et n'omit pas de dire notamment combien les corneilles avaient été complaisantes pour elle.

« Pauvre petite ! » firent le prince et la princesse attendris. Et ils complimentèrent les deux braves bêtes, les assurèrent qu'ils n'étaient pas fâchés de ce qu'elles avaient fait contre toutes les règles de l'étiquette ; mais leur disant qu'elles ne devaient pas recommencer. Ils leur promirent même une récompense : « Voulez-vous un vieux clocher où vous habiterez toutes seules, ou préférez-vous être élevées à la dignité de corneilles de la chambre, qui vous donnera droit sur tous les restes de la table ? »

Les corneilles s'inclinèrent en signe de reconnaissance, et demandèrent à être attachées au palais :

« Dans notre race, dirent-elles, la vieillesse dure longtemps, et par ce moyen nous serons sûres d'avoir de quoi vivre dans nos vieux jours. »

Le prince sortit de son lit et y laissa reposer Gerda. C'est tout ce qu'il pouvait faire pour elle. L'enfant joignit ses petites mains : « Dieu ! murmura-t-elle avec gratitude, que les hommes et les bêtes ont de la bonté pour moi ! » Puis elle ferma les yeux et s'endormit. Les Rêves accoururent vers elle ; ils avaient la figure d'anges du bon Dieu ; ils poussaient un petit traîneau où était assis Kay, qui la regardait en souriant. Mais quand elle s'éveilla, tout avait disparu.

Le lendemain on l'habilla, de la tête aux pieds, de velours et de soie. La princesse lui proposa de rester au château, pour y passer sa vie au milieu des fêtes. Gerda n'eut garde d'accepter ; elle demanda une petite voiture avec un cheval, et une paire de bottines, pour reprendre son voyage à travers le monde, à la recherche de Kay.

Elle reçut de jolies bottines, et de plus un manchon. Lorsqu'elle fut au moment de partir, elle trouva dans la cour un carrosse neuf, tout en or, armorié aux armes du prince et de la princesse. Les coussins étaient rembourrés de biscuits ; la caisse était remplie de fruits et de pain d'épice. Le cocher, le groom et le piqueur, car il y avait aussi un piqueur, avaient des costumes brodés d'or et une couronne d'or sur la tête.

Le prince et la princesse aidèrent eux-mêmes Gerda à monter en voiture et lui souhaitèrent tout le bonheur possible. La corneille des bois, qui avait épousé son fiancé, l'accompagna et se plaça au fond de la voiture, car cela l'incommodait d'aller à reculons. La corneille apprivoisée s'excusa de ne point faire la conduite à Gerda ; elle ne se trouvait pas bien disposée. Depuis qu'elle avait droit à toutes les miettes de la table, elle avait l'estomac dérangé. Mais elle vint à la portière de la voiture et battit des ailes lorsque l'équipage partit.

« Adieu, adieu, mignonne ! » dirent le prince et la princesse. Et la petite Gerda pleurait, et la corneille pleurait. Bientôt on eut fait trois lieues. Alors la corneille des bois prit aussi congé. Comme elle était une simple campagnarde, elle s'était vite attachée de cœur à la petite, et cela lui faisait grand-peine de la quitter. Elle vola sur un arbre, et là elle battit des ailes aussi longtemps qu'elle put apercevoir le carrosse, qui brillait comme un vrai soleil.

CINQUIÈME HISTOIRE

LA PETITE FILLE DES BRIGANDS

On arriva dans une forêt sombre; mais on y voyait très clair à la lueur que jetait le carrosse. Cette lumière attira une bande de brigands, qui se précipitèrent comme les mouches autour de la flamme : « Voilà de l'or, de l'or pur! » s'écriaient-ils, et ils saisirent les chevaux, tuèrent cocher, groom et piqueur, et enlevèrent la petite Gerda du carrosse.

« Qu'elle est donc fraîche et grassouillette, cette petite créature! on dirait qu'elle n'a jamais mangé que des noix! » Ainsi parlait la vieille mère du chef des brigands; elle avait une longue et vilaine moustache et de grands sourcils qui lui couvraient presque entièrement les yeux. « Sa chair, reprit-elle, doit être aussi délicate que celle d'un petit agneau dodu. Oh! quel régal nous en ferons! » En prononçant ces mots, elle tirait un grand couteau affilé qui luisait à donner le frisson.

« Aïe! aïe! » cria tout à coup la mégère. Sa petite fille, qui était pendue à son dos, une créature sauvage et farouche, venait de la mordre à l'oreille. « Vilain garnement! » dit la grand-mère, et elle s'apprêtait de nouveau à égorger Gerda. « Je veux qu'elle joue avec moi! dit la petite brigande. Elle va me donner son manchon et sa belle robe, et elle couchera avec moi dans mon lit. » Elle mordit de nouveau sa grand-mère, qui, de douleur, sauta en l'air.

Les bandits riaient en voyant les bonds de la vieille sorcière.

« Je veux entrer dans la voiture », dit la petite fille des brigands; et il fallut se prêter à son caprice, car elle était gâtée et entêtée en diable. On plaça Gerda à côté d'elle et on s'avança dans les profondeurs de la forêt. La petite brigande n'était pas plus grande que Gerda, mais elle était plus forte, elle était trapue; son teint était brun, ses yeux noirs : ils étaient inquiets, presque tristes. Elle saisit Gerda brusquement et la tint embrassée : « Sois tranquille, dit-elle, ils ne te tueront pas tant que je ne me fâcherai pas contre toi. Tu es sans doute une princesse? — Non », répondit Gerda. Et elle raconta toutes ses aventures à la recherche du petit Kay. La fille des brigands ouvrait de grands yeux sombres et contemplait avec l'attention la plus sérieuse l'enfant à qui étaient arrivées des choses si étranges. Puis elle hocha la tête d'un air de défi. « Ils ne te tueront pas, reprit-elle, même si je me fâchais contre toi. C'est moi-même alors qui te tuerais! » Elle essuya les larmes qui coulaient des yeux de Gerda; puis elle fourra ses deux mains dans le beau manchon qui était si chaud et si doux.

On marchait toujours. Enfin la voiture s'arrêta : on était dans la cour d'un vieux château à moitié en ruine, qui servait de repaire aux bandits. A leur entrée, des vols de nombreux corbeaux s'envolèrent avec de longs croassements. D'énormes bouledogues accoururent en bondissant; ils avaient l'air féroce; chacun semblait de taille à dévorer un homme. Ils n'aboyaient pas, cela leur était défendu.

Dans la grande salle toute délabrée brûlait sur les dalles un grand feu; la fumée s'élevait au plafond et s'échappait par où elle pouvait. Sur le feu bouillait un grand chaudron avec la soupe; des lièvres et des lapins rôtissaient à la broche.

On donna à boire et à manger aux deux petites filles.

« Tu vas venir coucher avec moi et mes bêtes », dit

la petite brigande. Elles allèrent dans un coin de la salle où il y avait de la paille et des tapis. Au-dessus, plus de cent pigeons dormaient sur des bâtons et des planches. Quelques-uns sortirent la tête de dessous l'aile, lorsque les fillettes approchèrent. « Ils sont tous à moi ! » dit la petite brigande, et elle en saisit un par les pieds et le secoua, le faisant battre des ailes. « Embrasse-le », fit-elle en le lançant à travers la figure de Gerda, et elle se mit à rire de la mine piteuse de celle-ci.

« Tous ces pigeons, reprit-elle, sont domestiques ; mais en voilà deux autres, des ramiers, qu'il faut tenir enfermés, sinon ils s'envoleraient : il n'y a pas de danger que je les laisse sortir du trou que tu vois là dans la muraille. Et puis voici mon favori, mon cher Beh ! » Elle tira d'un coin où il était attaché un jeune renne qui avait autour du cou un collier de cuivre bien poli : « Celui-là aussi il ne faut pas le perdre de vue, ou bien il prendrait la clef des champs. Tous les soirs je m'amuse à lui chatouiller le cou avec mon couteau affilé ; il n'aime pas cela du tout. »

La petite cruelle prit en effet un long couteau dans une fente de la muraille et le promena sur le cou du renne. La pauvre bête, affolée de terreur, tirait sur sa corde, ruait, se débattait, à la grande joie de la petite brigande. Quand elle eut ri tout son soûl, elle se coucha, attirant Gerda auprès d'elle.

« Vas-tu garder ton couteau pendant que tu dormiras ? dit Gerda, regardant avec effroi la longue lame.

— Oui, répondit-elle, je couche toujours avec mon couteau. On ne sait pas ce qui peut arriver. Mais raconte-moi de nouveau ce que tu m'as dit du petit Kay et de tes aventures depuis que tu le cherches. » Gerda recommença son histoire. Les ramiers se mirent à roucouler dans leur cage ; les autres pigeons dormaient paisiblement.

La petite brigande s'endormit, tenant un bras autour du cou de Gerda et son couteau dans l'autre main. Bientôt elle ronfla. Mais Gerda ne pouvait fermer l'œil; elle se voyait toujours entre la vie et la mort. Les brigands étaient assis autour du feu; ils buvaient et chantaient. La vieille mégère dansait et faisait des cabrioles. Quel affreux spectacle pour la petite Gerda!

Voilà que tout à coup les ramiers se mirent à dire : « Cours, cours. Nous avons vu le petit Kay. Une poule blanche tirait son traîneau. Lui était assis dans celui de la Reine des Neiges. Ils vinrent à passer près de la forêt où nous étions tout jeunes encore dans notre nid. La Reine des Neiges dirigea de notre côté son haleine glaciale; tous les ramiers de la forêt périrent, excepté nous deux. Cours, cours!

— Que dites-vous là, mes amis? s'écria Gerda. Où s'en allait-elle cette Reine des Neiges? En savez-vous quelque chose?

— Elle allait sans doute en Laponie; là il y a toujours de la neige et de la glace. Demande-le au renne qui est attaché là-bas.

— Oui, répondit le renne, là il y a de la glace et de la neige que c'est un plaisir. Qu'il fait bon vivre en Laponie! Quels joyeux ébats je prenais à travers les grandes plaines blanches! C'est là que la Reine des Neiges a son palais d'été. Son vrai fort, son principal château est près du pôle Nord, dans une île qui s'appelle le Spitzberg.

— O Kay, pauvre Kay! où es-tu? soupira Gerda.

— Tiens-toi tranquille, dit la fille des brigands, ou je te plonge mon couteau dans le corps. »

Gerda n'ouvrit plus la bouche. Mais le lendemain matin elle raconta à la petite brigande ce qu'avaient dit les ramiers. La petite sauvage prit son air sérieux, et, hochant la tête, elle dit : « Eh bien, cela m'est égal, cela m'est égal. Sais-tu où est la Laponie? demanda-t-elle au renne.

— Qui pourrait le savoir mieux que moi? répondit la bête, dont les yeux brillaient au souvenir de sa patrie. C'est là que je suis né, que j'ai été élevé; c'est là que j'ai bondi si longtemps parmi les champs de neige.

— Écoute, dit à Gerda la fille des brigands. Tu vois, tous nos hommes sont partis. Il ne reste plus ici que la grand-mère; elle ne s'en ira pas. Mais vers midi elle boit de ce qui est dans la grande bouteille, et après avoir bu elle dort toujours un peu. Alors je ferai quelque chose pour toi. »

Elle sauta à bas du lit, alla embrasser sa grand-mère en lui tirant la moustache : « Bonjour, bonne vieille chèvre, dit-elle, bonjour. » La mégère lui donna un coup de poing tel que le nez de la petite en devint rouge et bleu; mais c'était pure marque d'amitié.

Plus tard la vieille but en effet de la grande bouteille et ensuite s'endormit. La petite brigande alla prendre le renne :

« J'aurais eu du plaisir à te garder, lui dit-elle, pour te chatouiller le cou avec mon couteau, car tu fais alors de drôles de mines; mais tant pis, je vais te détacher et te laisser sortir, afin que tu retournes en Laponie. Il faudra que tu fasses vivement aller tes jambes et que tu portes cette petite fille jusqu'au palais de la Reine des Neiges, où se trouve son camarade; tu te rappelles ce qu'elle a conté cette nuit, puisque tu nous écoutais. »

Le renne bondit de joie. Lorsqu'il fut un peu calmé, la petite brigande assit Gerda sur le dos de la bête, lui donna un coussin pour siège et l'attacha solidement, de sorte qu'elle ne pût tomber.

« Tiens, dit-elle, je te rends tes bottines fourrées, car la saison est avancée; mais le manchon, je le garde, il est par trop mignon. Je ne veux pas cependant que tu aies tes menottes gelées; voici les gants fourrés de ma grand-mère; ils te vont jusqu'aux coudes. Allons, mets-les. Maintenant tu as d'aussi affreuses pattes que ma vieille chèvre! »

Gerda pleurait de joie.

« Ne fais pas la grimace, reprit l'autre, cela me déplaît. Aie l'air joyeux et content. Tiens encore, voici deux pains et du jambon. Comme cela, tu n'auras pas faim. »

Elle attacha ces provisions sur le dos du renne. Alors elle ouvrit la porte, appela tous les gros chiens dans la salle pour qu'ils ne poursuivissent pas les fugitifs, puis coupa la corde avec son couteau affilé, et dit au renne :

« Cours maintenant et fais bien attention à la petite fille. »

Gerda tendit à la petite brigande ses mains emmitouflées dans les gants de fourrure, et lui dit adieu. Le renne partit comme un trait, sautant par-dessus les pierres, les fossés. Il traversa la grande forêt, puis des steppes, des marais, puis de nouveau des bois profonds. Les loups hurlaient, les corbeaux croassaient. Tout à coup apparut une vaste lueur comme si le ciel lançait des gerbes de feu :

« Voilà mes chères aurores boréales ! s'écria le renne, vois comme elles brillent. »

Il galopa encore plus vite, jour et nuit. Les pains furent mangés et le jambon aussi. Quand il n'y eut plus rien, ils étaient arrivés en Laponie.

SIXIÈME HISTOIRE

LA LAPONNE ET LA FINNOISE

Le renne s'arrêta près d'une petite hutte. Elle avait bien pauvre apparence, le toit touchait presque à terre, et la porte était si basse qu'il fallait se mettre à quatre pattes pour entrer et sortir. Il n'y avait dans cette hutte qu'une vieille Laponne qui faisait cuire du poisson. Une petite lampe éclairait l'obscur réduit.

Le renne raconta toute l'histoire de Gerda, après avoir toutefois commencé par la sienne propre, qui lui semblait bien plus remarquable. Gerda était tellement accablée de froid qu'elle ne pouvait parler.

« Infortunés que vous êtes, dit la Laponne, vous n'êtes pas au bout de vos peines ; vous avez à faire encore un fier bout de chemin, au moins cent lieues dans l'intérieur du Finnmarken. C'est là que demeure la Reine des Neiges ; c'est là qu'elle allume tous les soirs des feux pareils à ceux du Bengale. Je m'en vais écrire quelques mots sur une morue sèche (je n'ai pas d'autre papier) pour vous recommander à la Finnoise de là-bas ; elle vous renseignera mieux que moi. »

Pendant ce temps, Gerda s'était réchauffée. La Laponne lui donna à boire et à manger ; elle écrivit sa lettre sur une morue sèche et la remit à Gerda, qu'elle rattacha sur le renne.

La brave bête repartit au triple galop. Le ciel étincelait, il se colorait de rouge et de jaune ; l'aurore boréale éclairait la route. Ils finirent par arriver au Finnmarken, et heurtèrent à la cheminée de la Finnoise, dont la maison était sous terre.

Elle les reçut et leur fit bon accueil. Quelle chaleur il faisait chez elle ! aussi n'avait-elle presque pas de vêtements. Elle était naine et fort malpropre, du reste excellente personne. Elle dénoua tout de suite les habits de Gerda, lui retira les gants et les bottines ; sans cela l'enfant aurait été étouffée de chaleur. Elle eut soin aussi de mettre un morceau de glace sur la tête du renne, pour le préserver d'avoir un coup de sang. Après quoi elle lut ce qu'il y avait écrit sur la morue, elle le relut trois fois, de sorte qu'elle le savait par cœur ; alors elle mit la morue dans son pot-au-feu. Dans son pays si pauvre, la Finnoise avait appris à faire bon usage de tout.

Le renne conta d'abord son histoire, puis celle de la petite Gerda. La Finnoise clignait ses petits yeux intelligents, mais ne disait rien.

« Tu es très habile, je le sais, dit le renne ; tu connais de grands secrets. Tu peux, avec un bout de fil, lier tous les vents du monde. Si on dénoue le premier nœud, on a du bon vent ; le second, le navire fend les vagues avec rapidité ; mais si l'on dénoue le troisième et le quatrième, alors se déchaîne une tempête qui couche les forêts par terre. Tu sais aussi composer un breuvage qui donne la force de douze hommes. Ne veux-tu pas en faire boire à cette petite, afin qu'elle puisse lutter avec la Reine des Neiges ?

— La force de douze hommes ? dit la Finnoise. Oui, peut-être, cela pourrait lui servir. »

Elle tira de dessous le lit une grande peau roulée, la déploya et se mit à lire les caractères étranges qui s'y trouvaient écrits. Il fallait une telle attention pour les interpréter, qu'elle suait à grosses gouttes. Elle faisait mine de ne pas vouloir continuer de lire, tant elle en éprouvait de fatigue. Mais le bon renne la pria instamment de venir en aide à la petite Gerda, et de ne pas l'abandonner. Celle-ci la regarda aussi avec des yeux suppliants, pleins de larmes. La

Finnoise cligna de l'œil et reprit sa lecture. Puis elle emmena le renne dans un coin, et, après lui avoir remis de la glace sur la tête, elle lui dit à l'oreille :

« Ce grimoire vient de m'apprendre que le petit Kay est, en effet, auprès de la Reine des Neiges. Il y est très heureux, il trouve tout à son goût ; c'est, selon lui, le plus agréable lieu du monde. Cela vient de ce qu'il a au cœur un éclat de verre, et dans l'œil un grain de ce même verre, qui dénature les sentiments et les idées. Il faut les lui retirer ; sinon il ne redeviendra jamais un être humain digne de ce nom, et la Reine des Neiges conservera tout empire sur lui.

— Ne peux-tu faire boire à la petite Gerda un breuvage qui lui donne la puissance de rompre ce charme ?

— Je ne saurais la douer d'un pouvoir plus fort que celui qu'elle possède déjà. Tu ne vois donc pas que bêtes et gens sont forcés de la servir, et que, partie nu-pieds de sa ville natale, elle a traversé heureusement la moitié de l'univers. Ce n'est pas de nous qu'elle peut recevoir sa force ; elle réside en son cœur, et vient de ce qu'elle est un enfant innocent et plein de bonté. Si elle ne peut parvenir jusqu'au palais de la Reine des Neiges et enlever les deux débris de verre qui ont causé tout le mal, il n'est pas en nous de lui venir en aide. Tout ce que tu as à faire, c'est donc de la conduire jusqu'à l'entrée du jardin de la Reine des Neiges, à deux lieues d'ici. Tu la déposeras près d'un bouquet de broussailles aux fruits rouges, que tu verras là au milieu de la neige. Allons, cours et ne t'arrête pas en route à bavarder avec les rennes que tu rencontreras. »

Et la Finnoise plaça de nouveau Gerda sur la bête, qui partit comme une flèche.

« Halte ! dit la petite, je n'ai pas mes bottines ni mes gants fourrés. » Elle s'en apercevait au froid glacial qu'elle ressentait. Mais le renne n'osa pas revenir sur ses pas ; il galopa tout d'une traite jusqu'aux broussailles aux fruits rouges. Là il déposa Gerda et lui baisa la bouche; de grosses larmes coulaient des yeux de la brave bête. Il repartit rapide comme le vent.

La voilà donc toute seule, la pauvre Gerda, sans souliers et sans gants, au milieu de ce terrible pays de Finnmarken, gelé de part en part. Elle se mit à courir en avant aussi vite qu'elle put. Elle vit devant elle un régiment de flocons de neige. Ils ne tombaient pas du ciel, qui était clair et illuminé par l'aurore boréale. Ils couraient en ligne droite sur le sol, et plus ils approchaient, plus elle remarquait combien ils étaient gros.

Elle se souvint des flocons qu'elle avait autrefois examinés avec la loupe, et combien ils lui avaient paru grands et formés avec symétrie. Ceux-ci étaient bien plus énormes et terribles; ils étaient doués de vie. C'étaient les avant-postes de l'armée de la Reine des Neiges.

Les uns ressemblaient à des porcs-épics; d'autres, à un nœud de serpents entrelacés, dardant leurs têtes de tous côtés; d'autres avaient la figure de petits ours trapus, aux poils rebroussés. Tous étaient d'une blancheur éblouissante.

Ils avançaient en bon ordre. Alors Gerda récita avec ferveur un *Notre Père.* Le froid était tel qu'elle pouvait voir sa propre haleine, qui, pendant qu'elle priait, sortait de sa bouche comme une bouffée de vapeur. Cette vapeur devint de plus en plus épaisse, et il s'en forma de petits anges qui, une fois qu'ils avaient touché terre, grandissaient à vue d'œil. Tous avaient des casques sur la tête; ils étaient armés de lances et de boucliers. Lorsque l'enfant eut achevé le *Pater*, il y en avait une légion.

Ils attaquèrent les terribles flocons, et avec leurs lances les taillèrent en pièces, les fracassèrent en mille morceaux.

La petite Gerda reprit tout son courage et marcha en avant. Les anges lui caressaient les pieds et les mains pour que le froid ne les engourdît point. Elle approchait du palais de la Reine des Neiges.

Mais il faut à présent que nous sachions ce que faisait Kay. Il est certain qu'il ne pensait pas à Gerda, et que l'idée qu'elle fût là, tout près, était bien loin de lui.

SEPTIÈME HISTOIRE

LE PALAIS DE LA REINE DES NEIGES

Les murailles du château étaient faites de neige amassée par les vents, qui y avaient ensuite percé des portes et des fenêtres. Il y avait plus d'une centaine de salles immenses. La plus grande avait une longueur de plusieurs milles. Elles étaient éclairées par les feux de l'aurore boréale. Tout y brillait et scintillait. Mais quel vide et quel froid !

Jamais il ne se donnait de fêtes dans cette royale demeure. C'eût été chose facile pourtant que d'y convoquer pour un petit bal les ours blancs, qui, la tempête servant d'orchestre, auraient dansé des quadrilles dont la gravité décente eût été en harmonie avec la solennité du lieu. Jamais on ne laissait non plus entrer les renards blancs du voisinage ; jamais on ne permettait à leurs demoiselles de s'y réunir pour babiller et médire, comme cela se fait pourtant à la cour de bien des souverains. Non, tout était vaste et vide dans ce palais de la Reine des Neiges, et la lumière des aurores boréales qui augmentait, qui diminuait, qui augmentait de nouveau, toujours dans les mêmes proportions, était froide elle-même.

Dans la plus immense des salles, on voyait un lac entièrement gelé, dont la glace étaient fendue en des milliers et des milliers de morceaux ; ces morceaux étaient tous absolument semblables l'un à l'autre. Quand la Reine des Neiges habitait le palais, elle trônait au milieu de cette nappe de glace, qu'elle appelait le seul vrai miroir de l'intelligence.

Le petit Kay était bleu et presque noir de froid. Il ne s'en apercevait pas. D'un baiser la Reine des Neiges lui avait enlevé le frisson; et son cœur n'était-il pas d'ailleurs devenu de glace ? Il avait dans les mains quelques-uns de ces morceaux de glace plats et réguliers dont la surface du lac était composée. Il les plaçait les uns à côté des autres en tous sens, comme lorsque nous jouons au jeu de patience. Il était absorbé dans ces combinaisons, et cherchait à obtenir les figures les plus singulières et les plus bizarres. Ce jeu s'appelait le grand jeu de l'intelligence, bien plus difficile que le casse-tête chinois.

Ces figures hétéroclites, qui ne ressemblaient à rien de réel, lui paraissaient merveilleuses; mais c'était à cause du grain de verre qu'il avait dans l'œil.

Il composait, avec ces morceaux de glace, des lettres et parfois des mots entiers. Il cherchait en ce moment à composer le mot *Éternité*. Il s'y acharnait depuis longtemps déjà sans pouvoir y parvenir. La Reine des Neiges lui avait dit : « Si tu peux former cette figure, tu seras ton propre maître; je te donnerai la terre tout entière et une paire de patins neufs. »

Il s'y prenait de toutes les façons, mais sans approcher de la réussite.

« Il me faut faire un tour dans les pays chauds, dit la Reine des Neiges. Il est temps d'aller surveiller les grands chaudrons. (Elle entendait par ces mots les volcans l'Etna et le Vésuve.) La neige de leurs cimes est peut-être fondue. »

Elle s'élança dans les airs. Kay resta seul dans la vaste salle de plusieurs milles carrés. Il était penché sur ses morceaux de glace, imaginant, combinant, ruminant comment il pourrait les agencer pour atteindre son but. Il était là immobile, inerte; on l'aurait cru gelé.

En ce moment, la petite Gerda entrait par la

grande porte du palais. Des vents terribles en défendaient l'accès. Gerda récita sa prière du soir, et les vents se calmèrent et s'assoupirent. L'enfant pénétra dans la grande salle ; elle aperçut Kay, le reconnut, vola vers lui en lui sautant au cou, le tint embrassé en s'écriant : « Kay ! cher petit Kay, enfin je t'ai retrouvé ! »

Lui ne bougea pas, ne dit rien. Il restait là roide comme un piquet, les yeux fichés sur ses morceaux de glace. Alors la petite Gerda pleura de chaudes larmes ; elles tombèrent sur la poitrine de Kay, pénétrèrent jusqu'à son cœur et en fondirent la glace, de sorte que le vilain éclat de verre fut emporté avec la glace dissoute.

Il leva la tête et la regarda. Gerda chanta, comme autrefois dans leur jardinet, le refrain du cantique :

> Les roses fleurissent et se fanent. Mais bientôt
> Nous reverrons la Noël et l'Enfant-Jésus.

Kay, à ce refrain, éclata en sanglots ; les larmes jaillirent de ses yeux et le débris de verre en sortit, de sorte qu'il reconnut Gerda et, transporté de joie, il s'écria : « Chère petite Gerda, où es-tu restée si longtemps, et moi, où donc ai-je été ? »

Regardant autour de lui : « Dieu, qu'il fait froid ici ! dit-il, et quel vide affreux ! » Il se serra de toutes ses forces contre Gerda, qui riait et pleurait de plaisir de retrouver enfin son compagnon. Ce groupe des deux enfants, qu'on eût pu nommer l'Amour protecteur et sauveur, offrait un si ravissant tableau, que les morceaux de glace se mirent à danser joyeusement, et, lorsqu'ils furent fatigués et se reposèrent, ils se trouvèrent figurer le mot *Éternité*, qui devait donner à Kay la liberté, la terre entière et des patins neufs.

Gerda lui embrassa les joues, et elles redevinrent brillantes ; elle baisa les yeux, qui reprirent leur éclat, les mains et les pieds, où la vie se ranima, et Kay fut de nouveau un jeune garçon plein de santé et de gaieté. Ils n'attendirent pas la Reine des Neiges pour lui réclamer ce qu'elle avait promis. Ils laissèrent la figure qui attestait que Kay avait gagné sa liberté. Ils se prirent par la main et sortirent du palais.

Ils parlaient de la grand-mère, de leur enfance et des roses du jardinet sur les toits. A leur approche, les vents s'apaisaient et le soleil apparaissait. Arrivés aux broussailles chargées de fruits rouges, ils trouvèrent le renne qui les attendait avec sa jeune femelle ; elle donna aux enfants de son bon lait chaud. Puis les deux braves bêtes les conduisirent chez la Finnoise, où ils se réchauffèrent bien, puis chez la Laponne, qui leur avait cousu des vêtements neufs et avait arrangé pour eux son traîneau.

Elle les y installa et les conduisit elle-même jusqu'à la frontière de son pays, là où poussait la première verdure. Kay et Gerda prirent congé de la bonne Laponne et des deux rennes qui les avaient amenés jusque-là. Les arbres avaient des bourgeons verts ; les oiseaux commençaient à gazouiller. Tout à coup, Gerda aperçut sur un cheval magnifique, qu'elle reconnut (c'était celui qui était attelé au carrosse d'or), une jeune fille coiffée d'un bonnet rouge. Dans les fontes de la selle étaient des pistolets. C'était la petite brigande. Elle en avait eu assez de la vie de la forêt. Elle était partie pour le Nord, avec le projet, si elle ne s'y plaisait pas, de visiter les autres contrées de l'univers.

Elle reconnut aussitôt Gerda, qui aussitôt la reconnut. C'est cela qui fut une joie !

« Tu es un joli vagabond, dit à Kay la petite brigande. Je te demande un peu si tu mérites qu'on coure à cause de toi jusqu'au bout de la terre. »

Gerda lui caressa les joues, et, pour détourner la conversation, demanda ce qu'étaient devenus le prince et la princesse. « Ils voyagent à l'étranger », répondit la fille des brigands. « Et les corneilles ? — Celle des bois est morte ; l'autre porte le deuil et se lamente de son veuvage ; entre nous, ses plaintes ne sont que du babillage. Mais raconte-moi donc tes aventures et comment tu as rattrapé ce fugitif. »

Gerda et Kay firent chacun leurs récits.

« Schnipp, schnapp, schnoure, pourre, basse-loure », dit la petite brigande; elle leur tendit la main, leur promettant de les visiter, si elle passait par leur ville. Elle reprit ensuite son grand voyage.

Kay et Gerda marchaient toujours la main dans la main; le printemps se faisait magnifique, amenant la verdure et les fleurs. Un jour ils entendirent le son des cloches, et ils aperçurent les hautes tours de la grande ville où ils demeuraient. Ils y entrèrent, montèrent l'escalier pour aller chez la grand-mère. Dans la chambre, tout était à la même place qu'autrefois. La pendule faisait toujours tic-tac; mais en passant la porte, ils s'aperçurent qu'ils étaient devenus de grandes personnes.

Les roses devant les mansardes étaient fleuries. Kay et Gerda s'assirent sur le banc, comme autrefois. Ils avaient oublié, comme un mauvais rêve, les froides splendeurs de la Reine des Neiges. La grand-mère était assise au soleil et lisait dans la Bible : « Si vous ne devenez pas comme des enfants, lisait-elle, vous n'entrerez pas dans le royaume de Dieu. »

Kay et Gerda se regardèrent et comprirent le vieux refrain :

> Les roses fleurissent et se fanent.
> Nous verrons bientôt l'Enfant-Jésus.

Ils restèrent longtemps assis, se tenant par la main. Ils avaient grandi, et cependant ils étaient encore enfants, enfants par le cœur.

LA PETITE POUCETTE

Une femme désirait beaucoup avoir un petit enfant; mais, ne sachant comment y parvenir, elle alla trouver une vieille sorcière et lui dit : « Je voudrais avoir un petit enfant; dis-moi ce qu'il faut faire pour cela.

— Ce n'est pas bien difficile, répondit la sorcière; voici un grain d'orge qui n'est pas de la nature de celle qui croît dans les champs du paysan ou que mangent les poules. Mets-le dans un pot de fleurs, et tu verras.

— Merci, dit la femme », en donnant douze sous à la sorcière. Puis elle rentra chez elle, et planta le grain d'orge.

Bientôt elle vit sortir de la terre une grande belle fleur ressemblant à une tulipe, mais encore en bouton.

« Quelle jolie fleur! » dit la femme en déposant un baiser sur ces feuilles rouges et jaunes; et, au même instant la fleur s'ouvrit avec un grand bruit. On voyait maintenant que c'était une vraie tulipe; mais dans l'intérieur, sur le fond vert, était assise une toute petite fille, fine et charmante, haute d'un pouce tout au plus. Aussi on l'appela la petite Poucette.

Elle reçut pour berceau une coque de noix bien vernie; pour matelas, des feuilles de violette; et, pour couverture, une feuille de rose. Elle y dormit pendant la nuit; mais le jour elle jouait sur la table où la femme plaçait une assiette remplie d'eau entourée d'une guirlande de fleurs. Dans cette assiette nageait une grande feuille de tulipe sur laquelle la petite Poucette pouvait s'asseoir et voguer d'un bord à l'autre, à l'aide de deux crins blancs de cheval qui lui servaient de rames. Elle offrait ainsi un spectacle charmant; et puis elle savait chanter d'une voix si douce et si mélodieuse, qu'on n'en avait jamais entendu de semblable.

Une nuit, pendant qu'elle dormait, un vilain crapaud entra dans la chambre par un carreau brisé. Cet affreux animal, énorme et tout humide, sauta sur la table où dormait Poucette, recouverte de sa feuille de rose.

« Quelle jolie femme pour mon fils! » dit le crapaud.

Il prit la coque de noix, et, sortant par le même carreau, il emporta la petite dans le jardin.

Là, coulait un large ruisseau dont l'un des bords touchait à un marais. C'était dans ce marais qu'habitait le crapaud avec son fils. Sale et hideux, ce dernier ressemblait tout à fait à son père. « Coac! coac! brokke-ke-kex! s'écria-t-il en apercevant la charmante petite fille dans la coque de noix.

— Ne parle pas si haut! tu la réveillerais, dit le vieux crapaud. Elle pourrait encore nous échapper, car elle est légère comme le duvet du cygne. Nous allons la placer sur une large feuille de bardane au milieu du ruisseau. Elle sera là comme dans une île, et ne pourra plus se sauver. Pendant ce temps, nous préparerons, au fond du marais, la grande chambre qui vous servira de demeure. »

Puis le crapaud sauta dans l'eau pour choisir une grande feuille de bardane, retenue au bord par la tige, et il y plaça la coque de noix où dormait la petite Poucette.

Lorsque la pauvre petite, en s'éveillant le lendemain matin, vit où elle était, elle se mit à pleurer amèrement; car l'eau l'entourait de tous côtés, et elle ne pouvait plus retourner à terre.

Le vieux crapaud, après avoir orné la chambre au fond du marais avec des roseaux et de petites fleurs jaunes, nagea en compagnie de son fils vers la petite feuille où se trouvait Poucette, pour prendre le gentil petit lit et le transporter dans la chambre. Il s'inclina profondément dans l'eau devant elle en disant : « Je te présente mon fils, ton futur époux. Je vous prépare une demeure magnifique au fond du marais.

— Coac ! coac ! brekke-ke-kex ! » ajouta le fils.

Ensuite ils prirent le lit et s'éloignèrent, pendant que la petite Poucette, seule sur la feuille verte, pleurait de chagrin en pensant au vilain crapaud, et au mariage dont elle était menacée avec son hideux fils.

Les petits poissons avaient entendu ce que disait le crapaud, et cela leur donna envie de voir la petite fille. Au premier coup d'œil, ils la trouvèrent si gentille, qu'ils l'estimèrent bien malheureuse d'épouser le vilain crapaud. Ce mariage ne devait jamais avoir lieu ! Ils se rassemblèrent autour de la tige qui retenait la feuille, la coupèrent avec leurs dents, et la feuille emporta alors la petite si loin sur la rivière, que les crapauds ne purent plus l'atteindre.

Poucette passa devant bien des endroits, et les oiseaux des buissons chantaient en la voyant : « Quelle charmante petite demoiselle ! » La feuille, flottant toujours plus loin, plus loin, lui fit faire un véritable voyage.

Chemin faisant, un joli papillon blanc se mit à voltiger autour d'elle et finit par se poser sur la feuille, ne pouvant assez admirer la jeune fille.

Poucette, bien contente d'avoir échappé au vilain crapaud, se réjouissait de toute la magnificence de la nature et de l'aspect de l'eau, que le soleil faisait briller comme de l'or. Elle prit sa ceinture, et, après en avoir attaché un bout au papillon, l'autre à la feuille, elle avança plus rapidement encore.

Tout à coup un grand hanneton vint à passer, et, l'ayant aperçue, il entoura son corps délicat de ses pattes et s'envola avec elle dans un arbre. Quant à la feuille verte, elle continua à descendre la rivière avec le papillon, qui ne pouvait s'en détacher.

Dieu sait quelle fut la frayeur de la pauvre petite Poucette quand le hanneton l'emporta dans l'arbre ! Cependant elle plaignait surtout le beau papillon blanc qu'elle avait attaché à la paille, et qui mourrait de faim, s'il ne parvenait pas à s'en défaire. Mais le hanneton ne se souciait pas de tout cela ; il la fit asseoir sur la plus grande feuille de l'arbre, la régala du suc des fleurs, et, quoiqu'elle ne ressemblât nullement à un hanneton, il lui fit mille compliments de sa beauté.

Bientôt tous les autres hannetons habitant le même arbre vinrent lui rendre visite. Les demoiselles hannetons, en la voyant, remuèrent leurs antennes et dirent : « Quelle misère ! elle n'a que deux jambes.

— Et pas d'antennes, ajouta l'une d'elles ; elle est maigre, svelte, elle ressemble à un homme. Oh ! qu'elle est laide ! »

Cependant la petite Poucette était charmante ; mais, quoique le hanneton qui l'avait enlevée la trouvât belle, en entendant les autres, il finit par la croire laide et ne voulut plus d'elle. On la fit donc descendre de l'arbre, et on la posa sur une pâquerette en lui rendant sa liberté.

La petite se mit à pleurer de ce que les hannetons l'avaient renvoyée à cause de sa laideur ; cependant elle était on ne peut plus ravissante.

La petite Poucette passa ainsi l'été toute seule dans la grande forêt. Elle tressa un lit de paille qu'elle suspendit au-dessous d'une feuille de bardane pour se garantir de la pluie. Elle se nourrissait du suc des fleurs, et buvait la rosée qui tombait le matin sur les feuilles.

Ainsi se passèrent l'été et l'automne ; mais voici l'hiver, le long hiver si rude qui arrive. Tous les oiseaux qui l'avaient amusée par leur chant s'éloignèrent, les arbres furent dépouillés, les fleurs se flétrirent, et la grande feuille de bardane sous laquelle

elle demeurait se roula sur elle-même, ne formant plus qu'une tige sèche et jaune.

La pauvre petite fille souffrit d'autant plus du froid, que ses habits commençaient à tomber en lambeaux. Bientôt arrivèrent les neiges, et chaque flocon qui tombait sur elle lui produisait le même effet que nous en produirait à nous toute une pelletée. Bien qu'elle s'enveloppât d'une feuille sèche, elle ne pouvait parvenir à se réchauffer; elle allait mourir de froid.

Près de la forêt se trouvait un grand champ de blé, mais on n'y voyait que le chaume hérissant la terre gelée. Ce fut pour la pauvre petite comme une nouvelle forêt à parcourir. Toute grelottante, elle arriva à la demeure d'une souris des champs. On y entrait par un petit trou, sous les pailles; la souris était bien logée, possédait une pièce pleine de grains, une belle cuisine et une salle à manger. La petite Poucette se présenta à la porte comme une mendiante et demanda un grain d'orge, car elle n'avait rien mangé depuis deux jours.

« Pauvre petite! répondit la vieille souris des champs, qui, au fond, avait bon cœur, viens manger avec moi dans ma chambre; il y fait chaud. »

Puis elle se prit d'affection pour Poucette, et ajouta :

« Je te permets de passer l'hiver ici; mais à condition que tu tiennes ma chambre bien propre, et que tu me racontes quelques jolies histoires; je les adore. »

La petite fille accepta cette offre et n'eut pas à s'en plaindre.

« Nous allons recevoir une visite, dit un jour la vieille souris; mon voisin a l'habitude de venir me voir une fois par semaine. Il est encore bien plus à son aise que moi; il a de grands salons, et porte une magnifique pelisse de velours. S'il voulait t'épouser, tu serais bien heureuse, car il n'y voit goutte. Raconte-lui tes plus belles histoires. »

Mais Poucette n'avait pas trop envie d'épouser le

voisin; ce n'était qu'une taupe. Couverte de sa pelisse de velours noir, elle ne tarda pas à rendre sa visite. La conversation roula sur ses richesses et sur son instruction; mais la taupe parlait mal des fleurs et du soleil, car elle ne les avait jamais vus. La petite Poucette lui chanta plusieurs chansons, entre autres : « Hanneton, vole, vole, vole ! » et : « Quand le moine vient aux champs. » La taupe, enchantée de sa belle voix, désira aussitôt une union qui lui promettait tant d'agréments; mais elle n'en dit pas un mot, car c'était une personne réfléchie.

Pour faire plaisir à ses voisines, elle leur permit de se promener à leur gré dans une grande allée souterraine qu'elle venait de creuser entre les deux habitations; mais elle les pria de ne pas s'effrayer d'un oiseau mort qui se trouvait sur le passage, et qu'on y avait enterré au commencement de l'hiver.

La première fois que ses voisines profitèrent de cette aimable offre, la taupe les précéda dans ce long et sombre corridor, tenant entre ses dents un morceau de vieux bois, brillant de phosphore, pour les éclairer. Arrivée à l'endroit où gisait l'oiseau mort, elle enleva de son large museau une partie de la terre du plafond, et fit ainsi un trou par lequel la lumière pénétra. Au milieu du corridor s'étendait par terre le corps d'une hirondelle, sans doute morte de faim, dont les ailes étaient serrées aux côtés, la tête et les pieds cachés sous les plumes. Ce spectacle fit bien mal à la petite Poucette; elle aimait tant les petits oiseaux qui, pendant tout l'été, l'avaient égayée de leurs chants ! Mais la taupe poussa l'hirondelle de ses pattes et dit : « Elle ne sifflera plus ! quel malheur que de naître oiseau ! Dieu merci, aucun de mes enfants ne subira un sort aussi malheureux. Une telle créature n'a pour toute fortune que son : « Quivit ! quivit ! » et l'hiver elle meurt de faim.

— Vous parlez sagement ! répondit la vieille souris; le « quivit ! » ne rapporte rien; c'est juste ce qu'il faut pour périr dans la misère : cependant il y en a qui se pavanent d'orgueil de savoir chanter. »

Poucette ne dit rien ; mais, lorsque les deux autres eurent tourné le dos à l'oiseau, elle se pencha vers lui, et, écartant les plumes qui couvraient sa tête, elle déposa un baiser sur ses yeux fermés.

« C'est peut-être le même qui chantait si gentiment pour moi cet été, pensa-t-elle ; pauvre petit oiseau, que je te plains ! »

La taupe, après avoir bouché le trou, reconduisit les dames chez elle. Ne pouvant dormir de toute la nuit, la petite Poucette se leva et tressa un joli tapis de foin qu'elle porta dans l'allée et étendit sur l'oiseau mort. Puis elle lui mit de chaque côté un tas de coton qu'elle avait trouvé chez la souris, comme si elle craignait que la fraîcheur de la terre ne fît mal à ce corps inanimé.

« Adieu, bel oiseau ! dit-elle, adieu ! Merci de ta belle chanson qui me réjouissait tant pendant la douce saison de l'été, où je pouvais admirer la verdure et me réchauffer au soleil. »

A ces mots, elle appuya sa tête sur la poitrine de l'hirondelle ; mais aussitôt elle se leva tout effrayée, elle avait entendu un léger battement : il provenait du cœur de l'oiseau, qui n'était pas mort, mais seulement engourdi. La chaleur l'avait rendu à la vie.

En automne, les hirondelles retournent aux pays chauds, et, si une d'elles s'attarde en route, le froid la fait bientôt tomber à terre comme morte, et la neige s'étend sur elle.

Poucette tremblait encore de frayeur ; comparée à elle, dont la taille n'excédait pas un pouce, l'hirondelle paraissait un géant. Cependant elle prit courage, serra bien le coton autour du pauvre oiseau, alla chercher une feuille de menthe qui lui servait de couverture, et la lui posa sur la tête.

La nuit suivante, se rendant encore auprès du malade, elle le trouva vivant, mais si faible que ses yeux s'ouvrirent à peine un instant pour regarder la petite fille qui tenait à la main, pour toute lumière, un morceau de vieux bois luisant.

« Je te remercie, charmante petite enfant, dit

l'oiseau souffrant; tu m'as bien réchauffé. Dans peu, je reprendrai toutes mes forces et je m'envolerai dans l'air, aux rayons du soleil.

— Hélas! répondit Poucette, il fait froid dehors, il neige, il gèle; reste dans ton lit, j'aurai soin de toi. »

Ensuite, elle lui apporta de l'eau dans une feuille de fleur. L'oiseau but, et lui raconta comment, ayant déchiré une de ses ailes à un buisson d'épines, il n'avait pu suivre les autres aux pays chauds. Il avait fini par tomber à terre, et, de ce moment, il ne se rappelait plus rien de ce qui lui était arrivé.

Pendant tout l'hiver, à l'insu de la souris et de la taupe, la petite Poucette soigna ainsi l'hirondelle avec la plus grande affection. A l'arrivée du printemps, lorsque le soleil commença à réchauffer la terre, l'oiseau fit ses adieux à la petite fille, qui rouvrit le trou pratiqué autrefois par la taupe. L'hirondelle pria sa bienfaitrice de l'accompagner dans la forêt verte, assise sur son dos. Mais Poucette savait que son départ causerait du chagrin à la vieille souris des champs.

« Non, dit-elle, je ne le puis.

— Adieu donc, adieu, charmante petite enfant! » répondit l'hirondelle en s'envolant au soleil. Poucette la regarda partir, les larmes aux yeux; elle aimait tant la gentille hirondelle! « Quivit! quivit! » fit encore une fois l'oiseau, puis il disparut.

Le chagrin de Poucette fut d'autant plus grand qu'elle ne put plus sortir et se réchauffer au soleil. Le blé poussait sur la maison de la souris des champs, formant déjà pour la pauvre petite fille, haute d'un pouce, une véritable forêt.

« Cet été, tu travailleras à ton trousseau », lui dit la souris, car l'ennuyeuse taupe à la pelisse noire avait demandé la main de Poucette. « Pour épouser la taupe, il faut que tu sois convenablement pourvue de vêtements et de linge. »

La petite fut obligée de prendre la quenouille, et la souris des champs employa en outre à la journée quatre araignées qui filaient sans relâche. Tous les soirs, la taupe leur rendait visite et leur parlait des ennuis de l'été, qui rend la terre brûlante et insupportable. Aussi la noce ne se ferait qu'à la fin de la saison. En attendant, la petite Poucette allait tous les jours, au lever et au coucher du soleil, à la porte, où elle regardait à travers les épis agités par le vent, l'azur du ciel, en admirant la beauté de la nature et en pensant à l'hirondelle chérie ; mais l'hirondelle était loin, et ne reviendrait peut-être jamais.

L'automne arriva, et Poucette avait achevé son trousseau.

« Dans quatre semaines la noce ! » lui dit la souris. Et la pauvre enfant pleura ; elle ne voulait pas épouser l'ennuyeuse taupe.

« Quelle bêtise ! s'écria la souris, ne sois pas entêtée, ou je te mordrai de ma dent blanche. Tu devrais t'estimer bien heureuse d'épouser un aussi bel homme, qui porte une pelisse de velours noir dont la reine elle-même n'a pas la pareille. Tu devrais remercier le bon Dieu de trouver une cuisine et une cave si bien garnies. »

Le jour de la noce arriva.

La taupe se présenta pour emmener la petite Poucette sous la terre, où elle ne verrait plus jamais le brillant soleil, attendu que son mari ne pouvait pas le supporter. Chez la souris des champs, il lui était au moins permis d'aller le regarder à la porte.

« Adieu, beau soleil ! dit-elle d'un air affligé, en élevant ses bras. Adieu donc ! puisque je suis condamnée à vivre désormais dans ces tristes lieux où l'on ne jouit pas de tes rayons. »

Puis elle fit quelques pas au-dehors de la maison ; car on avait moissonné le blé, il n'en restait que le chaume.

« Adieu, adieu ! dit-elle en embrassant une petite fleur rouge ; si jamais tu vois l'hirondelle, tu la salueras de ma part.

— Quivit ! quivit ! » entendit-elle crier au même instant.

Elle leva la tête ; c'était l'hirondelle qui passait.

L'oiseau manifesta la plus grande joie en apercevant la petite Poucette; il descendit rapidement en répétant ses joyeux « quivit! » et vint s'asseoir auprès de sa petite bienfaitrice. Celle-ci lui raconta comment on voulait lui faire épouser la vilaine taupe qui restait sous la terre, où le soleil ne pénétrait jamais. En faisant ce récit, elle versa un torrent de larmes.

« L'hiver arrive, dit l'hirondelle, je retourne aux pays chauds; veux-tu me suivre? Tu monteras sur mon dos, et tu t'y attacheras par ta ceinture. Nous fuirons loin de ta vilaine taupe et de sa demeure obscure, bien loin au-delà des montagnes, où le soleil brille encore plus beau qu'ici, où l'été et les fleurs sont éternels. Viens donc avec moi, chère petite fille, toi qui m'as sauvé la vie lorsque je gisais dans le sombre corridor à moitié morte de froid.

— Oui, je te suivrai! » dit Poucette. Et elle s'assit sur le dos de l'oiseau et attacha sa ceinture à une des plumes les plus solides; puis elle fut emportée pardessus la forêt et la mer et les hautes montagnes couvertes de neige.

Poucette eut froid; mais elle se fourra sous les plumes chaudes de l'oiseau, ne laissant passer que sa petite tête pour admirer les beautés qui se déroulaient au-dessous d'elle.

C'est ainsi qu'ils arrivèrent aux pays chauds, où la vigne avec ses fruits rouges et bleus pousse dans tous les fossés, où l'on voit des forêts entières de citronniers et d'orangers, où mille plantes merveilleuses exhalent leurs parfums. Sur les routes, les enfants jouaient avec de gros papillons bigarrés.

Un peu plus loin, l'hirondelle s'arrêta près d'un lac azuré au bord duquel s'élevait un antique château de marbre, entouré de colonnes qui supportaient des treilles. Au sommet se trouvaient une quantité de nids.

L'un de ces nids servait de demeure à l'hirondelle qui amenait Poucette.

« Voici ma demeure, dit l'oiseau; mais il ne sera pas convenable que tu habites avec moi; d'ailleurs je ne suis pas préparé pour te recevoir. Choisis toi-même une des plus belles fleurs, je t'y déposerai, et je ferai tout mon possible pour te rendre ce séjour agréable.

— Quel bonheur! » répondit Poucette en battant de ses petites mains.

De grandes belles fleurs blanches poussaient entre les fragments d'une colonne renversée; c'est là que l'hirondelle déposa la petite fille sur une des plus larges feuilles.

Poucette au comble de la joie était ravie de toutes les magnificences qui l'entouraient dans ces lieux enchanteurs.

Mais quel ne fut pas son étonnement! un petit homme blanc et transparent comme du verre se tenait assis dans la fleur, haute d'un pouce à peine. Il portait sur la tête une couronne d'or, et sur les épaules des ailes brillantes.

C'était le génie de la fleur; chaque fleur servait de palais à un petit homme et à une petite femme, et il régnait sur tout ce peuple.

« Dieu, qu'il est beau! » dit tout bas Poucette à l'hirondelle.

En apercevant l'oiseau gigantesque, le petit prince si fin et si délicat s'effraya d'abord; mais il se remit à la vue de la petite Poucette, qui lui semblait la plus belle fille du monde. Il lui posa sa couronne d'or sur la tête, lui demanda quel était son nom, et si elle voulait bien devenir sa femme.

Quel mari en comparaison du jeune crapaud et de la taupe au manteau noir! En l'acceptant, elle deviendrait la reine des fleurs!

Elle l'accepta donc, et bientôt elle reçut la visite d'un monsieur et d'une belle dame qui sortaient de chaque fleur pour lui offrir des présents.

Rien ne lui fit autant de plaisir qu'une paire d'ailes transparentes qui avaient appartenu à une grosse mouche blanche. Attachées à ses épaules, elles permirent à Poucette de voler d'une fleur à l'autre.

Pendant ce temps l'hirondelle, dans son nid, faisait entendre ses plus belles chansons; mais, au fond de son cœur, elle se sentait bien affligée d'être séparée de sa bienfaitrice.

« Tu ne t'appelleras plus Poucette, lui dit le génie de la fleur, ce nom est vilain, et toi tu es belle, belle comme doit l'être la reine des fleurs. Désormais nous t'appellerons Maïa.

— Adieu, adieu! » dit la petite hirondelle en s'envolant vers le Danemark.

Lorsqu'elle y fut arrivée, elle regagna son nid au-dessus de la fenêtre où l'auteur de ces contes attendait son retour.

« Quivit! quivit! » lui dit-elle, et c'est ainsi qu'il a appris cette aventure.

L'INTRÉPIDE SOLDAT DE PLOMB

Il y avait une fois vingt-cinq soldats de plomb, tous frères, car ils étaient nés d'une vieille cuiller de plomb. L'arme au bras, l'œil fixe, l'uniforme rouge et bleu, quelle fière mine ils avaient tous ! La première chose qu'ils entendirent en ce monde, quand fut enlevé le couvercle de la boîte qui les renfermait, ce fut ce cri : « Des soldats de plomb ! » que poussait un petit garçon en battant des mains. On les lui avait donnés en cadeau pour sa fête, et il s'amusait à les ranger sur la table. Tous les soldats se ressemblaient parfaitement, à l'exception d'un seul, qui n'avait qu'une jambe : on l'avait jeté dans le moule le dernier, et il ne restait pas assez de plomb. Cependant il se tenait aussi ferme sur cette jambe que les autres sur deux, et c'est lui précisément qu'il nous importe de connaître.

Sur la table où étaient rangés nos soldats, il se trouvait beaucoup d'autres joujoux ; mais ce qu'il y avait de plus curieux, c'était un charmant château de papier. A travers les petites fenêtres, on pouvait voir jusque dans les salons. Au-dehors se dressaient de petits arbres autour d'un petit miroir imitant un petit lac ; des cygnes en cire y nageaient et s'y reflétaient. Tout cela était bien gentil ; mais ce qu'il y avait de bien plus gentil encore, c'était une petite demoiselle debout à la porte ouverte du château. Elle aussi était de papier ; mais elle portait un jupon de linon transparent et très léger, et au-dessus de l'épaule, en guise d'écharpe, un petit ruban bleu, étroit, au milieu duquel étincelait une paillette aussi grande que sa figure. La petite demoiselle tenait ses deux bras étendus, car c'était une danseuse, et elle levait une jambe si haut dans l'air, que le petit soldat de plomb ne put la découvrir, et s'imagina que la demoiselle n'avait comme lui qu'une jambe.

« Voilà une femme qui me conviendrait, pensa-t-il, mais elle est trop grande dame. Elle habite un château, moi une boîte, en compagnie de vingt-quatre camarades, et je n'y trouverais pas même une place pour elle. Cependant il faut que je fasse sa connaissance. »

Et, ce disant, il s'étendit derrière une tabatière. Là il pouvait à son aise regarder l'élégante petite dame, qui toujours se tenait sur une jambe, sans perdre l'équilibre.

Le soir, tous les autres soldats furent remis dans leur boîte, et les gens de la maison allèrent se coucher. Aussitôt les joujoux commencèrent à s'amuser tout seuls : d'abord ils jouèrent à colin-maillard, puis ils se firent la guerre, enfin ils donnèrent un bal. Les soldats de plomb s'agitaient dans leur boîte, car ils auraient bien voulu en être ; mais comment soulever le couvercle ? Le casse-noisettes fit des culbutes, et le crayon traça mille folies sur son ardoise. Le bruit devint si fort, que le serin se réveilla et se mit à chanter. Les seuls qui ne bougeassent pas étaient le soldat de plomb et la petite danseuse. Elle se tenait toujours sur la pointe du pied, les bras étendus ; lui intrépidement sur son unique jambe, et sans cesser de l'épier.

Minuit sonna, et crac ! voilà le couvercle de la tabatière qui saute ; mais, au lieu de tabac, il y avait un petit sorcier noir. C'était un jouet à surprise.

« Soldat de plomb, dit le sorcier, tâche de porter ailleurs tes regards ! »

Mais le soldat fit semblant de ne pas entendre.

« Attends jusqu'à demain, et tu verras ! » reprit le sorcier.

Le lendemain, lorsque les enfants furent levés, ils placèrent le soldat de plomb sur la fenêtre; mais tout à coup, enlevé par le sorcier ou par le vent, il s'envola du troisième étage, et tomba la tête la première sur le pavé. Quelle terrible chute! Il se trouva la jambe en l'air, tout son corps portant sur son shako, et la baïonnette enfoncée entre deux pavés.

La servante et le petit garçon descendirent pour le chercher, mais ils faillirent l'écraser sans le voir. Si le soldat eût crié: « Prenez garde! » ils l'auraient bien trouvé; mais il jugea que ce serait déshonorer l'uniforme.

La pluie commença à tomber, les gouttes se suivirent bientôt sans intervalle; ce fut alors un vrai déluge. Après l'orage, deux gamins vinrent à passer:

« Ohé! dit l'un, par ici! Voilà un soldat de plomb, faisons-le naviguer. »

Ils construisirent un bateau avec un vieux journal, mirent dedans le soldat de plomb, et lui firent descendre le ruisseau. Les deux gamins couraient à côté et battaient des mains. Quels flots, grand Dieu! dans ce ruisseau! que le courant y était fort! Mais aussi il avait plu à verse. Le bateau de papier était étrangement ballotté; mais, malgré tout ce fracas, le soldat de plomb restait impassible, le regard fixe et l'arme au bras.

Tout à coup le bateau fut poussé dans un petit canal où il faisait aussi noir que dans la boîte aux soldats.

« Où vais-je maintenant? pensa-t-il. Oui, oui, c'est le sorcier qui me fait tout ce mal. Cependant, si la petite demoiselle était dans le bateau avec moi, l'obscurité fût-elle deux fois plus profonde, cela ne me ferait rien. »

Bientôt un gros rat d'eau se présenta; c'était un habitant du canal:

« Voyons ton passeport, ton passeport! »

Mais le soldat de plomb garda le silence et serra son fusil. La barque continua sa route, et le rat la poursuivit. Ouf! il grinçait des dents, et criait aux pailles et aux petits bâtons : « Arrêtez-le, arrêtez-le ! il n'a pas payé son droit de passage, il n'a pas montré son passeport. »

Mais le courant devenait plus fort, toujours plus fort, déjà le soldat apercevait le jour, mais il entendait en même temps un murmure capable d'effrayer l'homme le plus intrépide. Il y avait au bout du canal une chute d'eau, aussi dangereuse pour lui que l'est pour nous une cataracte. Il en était déjà si près qu'il ne pouvait plus s'arrêter. La barque s'y lança : le pauvre soldat se tenait aussi roide que possible, et personne n'eût osé dire qu'il clignait seulement des yeux. La barque, après avoir tourné plusieurs fois sur elle-même, s'était remplie d'eau ; elle allait s'engloutir. L'eau montait jusqu'au cou du soldat, la barque s'enfonçait de plus en plus. Le papier se déplia, et l'eau se referma tout à coup sur la tête de notre homme. Alors il pensa à la gentille petite danseuse qu'il ne reverrait jamais, et crut entendre une voix qui chantait.

Soldat, le péril est grand ;
Voici la mort qui t'attend !

Le papier se déchira, et le soldat passa au travers. Au même instant il fut dévoré par un grand poisson.

C'est alors qu'il faisait noir pour le malheureux ! C'était pis encore que dans le canal. Et puis comme il y était serré ! Mais toujours intrépide, le soldat de plomb s'étendit de tout son long, l'arme au bras.

Le poisson s'agitait en tous sens et faisait d'affreux mouvements ; enfin il s'arrêta, et un éclair parut le transpercer. Le jour se laissa voir, et quelqu'un s'écria : « Un soldat de plomb ! » Le poisson avait été pris, exposé au marché, vendu, porté dans la cuisine, et la cuisinière l'avait ouvert avec un grand couteau. Elle prit avec deux doigts le soldat de plomb par le milieu du corps, et l'apporta dans la chambre, où tout le monde voulut contempler cet homme remarquable qui avait voyagé dans le ventre d'un poisson. Cependant le soldat n'en était pas fier.

On le plaça sur la table, et là — comme il arrive parfois des choses bizarres dans le monde! — il se trouva dans la même chambre d'où il était tombé par la fenêtre. Il reconnut les enfants et les jouets qui étaient sur la table, le charmant château avec la gentille petite danseuse; elle tenait toujours une jambe en l'air, elle aussi était intrépide. Le soldat de plomb fut tellement touché qu'il aurait voulu pleurer du plomb, mais cela n'était pas convenable. Il la regarda, elle le regarda aussi, mais ils ne se dirent pas un mot.

Tout à coup un petit garçon le prit, et le jeta au feu sans la moindre raison; c'était sans doute le sorcier de la tabatière qui en était la cause.

Le soldat de plomb était là debout, éclairé d'une vive lumière, éprouvant une chaleur horrible. Toutes ses couleurs avaient disparu; personne ne pouvait dire si c'étaient les suites du voyage ou le chagrin. Il regardait toujours la petite demoiselle, et elle aussi le regardait. Il se sentait fondre; mais, toujours intrépide, il tenait l'arme au bras. Soudain s'ouvrit une porte, le vent enleva la danseuse, et, pareille à une sylphide, elle vola sur le feu près du soldat, et disparut en flammes. Le soldat de plomb était devenu une petite masse.

Le lendemain, lorsque la servante vint enlever les cendres, elle la trouva qui avait la forme d'un petit cœur de plomb; tout ce qui était resté de la danseuse, c'était la paillette, que le feu avait rendue toute noire.

LE COFFRE VOLANT

Il était une fois un marchand si riche, qu'il aurait pu paver toute une grande rue et encore une petite de pièces d'argent; mais il avait bien garde de le faire; il savait mieux employer sa richesse. Il ne dépensait un sou qu'avec la certitude de gagner un écu. C'était un marchand bien habile, et tel il mourut.

Son fils hérita de tout cet argent; il mena joyeuse vie, alla tous les soirs au bal masqué, fit des cerfs-volants avec des billets de banque, et s'amusa à faire des ronds dans l'eau en y jetant des pièces d'or, comme un autre des cailloux. De cette manière, il ne faut pas s'étonner s'il vint à bout de ses trésors, et s'il finit par n'avoir pour toute fortune que quatre sous, pour garde-robe qu'une paire de pantoufles et une vieille robe de chambre. Tous ses amis, ne pouvant plus se montrer dans la rue avec lui, l'abandonnèrent à la fois; un d'eux néanmoins eut la bonté de lui envoyer un vieux coffre avec ces mots : « Fais ton paquet. » Certes le conseil était bon; mais, comme le pauvre garçon n'avait rien à emballer, il se mit lui-même dans le coffre.

Ce coffre était bien bizarre : en pressant la serrure, il s'enlevait dans les airs comme un oiseau. Le fils du marchand, dès qu'il eut connaissance de cette propriété merveilleuse, s'envola par la cheminée vers les nuages, et alla toujours devant lui. Le coffre craquait ; il eut peur qu'il ne se brisât en deux, et lui fit faire un saut terrible. Cependant il arriva sain et sauf dans le pays des Turcs.

Après avoir caché son équipage dans la forêt, sous les feuilles sèches, il se rendit à la ville, où son arrivée n'étonna personne, vu que tous les Turcs marchaient comme lui, en robe de chambre et en pantoufles. En parcourant les rues, il rencontra une nourrice et un petit enfant.

« Nourrice turque, demanda-t-il, quel est ce grand château, près de la ville, dont les fenêtres sont si hautes ?

— C'est la demeure de la fille du roi, répondit la nourrice. On lui a prédit que son fiancé la rendra bien malheureuse ; c'est pourquoi personne ne peut l'approcher qu'en présence du roi et de la reine.

— Merci ! » dit le fils du marchand. Puis il retourna dans la forêt, se plaça dans le coffre, et prit son vol. Bientôt il arriva sur le toit du château, et se glissa par la fenêtre dans la chambre de la princesse.

La princesse sommeillait sur un sofa ; sa beauté était si grande que notre homme ne put s'empêcher de l'embrasser. Elle se réveilla tout effrayée, mais il lui affirma qu'il était le Dieu des Turcs, descendu du ciel en sa faveur. Cette déclaration la rassura aussitôt.

Assis près d'elle, il commença à lui raconter des histoires merveilleuses : celle du petit Rossignol, de la petite Sirène, de la Reine de la neige et de la mère Gigogne.

La princesse était enchantée de tous ces beaux contes, et elle lui promit de ne pas prendre d'autre mari que lui.

« Revenez samedi prochain, dit-elle. J'ai invité le roi et la reine à un thé ; ils seront fiers de me faire épouser le Dieu des Turcs. Mais ayez soin surtout de leur raconter quelques belles aventures. Ma mère aime le genre moral et sérieux ; mon père, lui, préfère ce qui est joyeux et plaisant.

— Soyez tranquille ! ma corbeille de noces ne sera remplie que d'aventures. »

Ils se séparèrent, et la princesse lui fit cadeau d'un sabre incrusté de pièces d'or, qui certes lui arrivaient à propos.

Il courut s'acheter une nouvelle robe de chambre, puis il s'assit dans la forêt pour inventer quelque histoire. D'abord, il éprouva beaucoup de difficultés, car ce n'est pas chose facile que de faire des contes; mais enfin, il réussit, et, le samedi suivant, il était prêt.

Le roi, la reine et toute la cour étaient venus prendre le thé chez la princesse; le fils du marchand y fut reçu avec la plus grande amabilité.

« Veuillez nous raconter quelque aventure, dit la reine; quelque chose de sensé et d'instructif.

— Ou quelque chose qui fasse rire, ajouta le roi.

— Avec plaisir », répondit le jeune homme.

Et il raconta ce que vous allez entendre.

Il y avait un jour un paquet d'allumettes extrêmement fières de leur haute naissance. Leur souche, c'est-à-dire le grand sapin dont chacune d'elles représentait un fragment, avait été jadis un des arbres les plus considérables de la forêt. Les allumettes étaient placées dans la cuisine, entre un briquet et un vieux pot de fer, à qui elles racontaient l'histoire de leur enfance. « Oui, disaient-elles, lorsque nous étions une branche verte, nous étions heureuses comme au Paradis. Tous les matins et tous les soirs, on nous servait du thé de diamant; c'était la rosée. Toute la journée, nous avions le soleil, lorsque le soleil brillait, et les petits oiseaux nous chantaient des histoires. Aussi nous étions bien riches, car les autres arbres ne portaient de vêtements que dans l'été; mais notre famille avait les moyens de nous donner des habits verts, en hiver comme en été. Vint une grande révolution, et notre famille fut dispersée par les bûcherons. Notre souche obtint une place de grand mât sur un magnifique vaisseau capable de faire le tour du monde; d'autres branches obtinrent d'autres emplois, et notre partage fut celui d'éclairer la multitude. C'est ainsi que, malgré notre origine distinguée, nous nous trouvons dans la cuisine.

— Quant à moi, dit le pot de fer, mon sort est tout différent. Dès que je suis venu au monde, on n'a fait que m'écurer, me mettre sur le feu et m'en ôter. Je suis de la plus haute importance dans la maison, et je ne donne que dans le solide. Mon seul plaisir consiste, après le dîner, à reprendre, propre et luisant, ma place sur la planche, et à causer sérieusement avec mes camarades. Malheureusement, nous sommes toujours claquemurés ici, à l'exception du seau d'eau qui quelquefois descend dans la cour. Il est vrai que le panier du marché nous apporte les nouvelles du dehors, mais il parle avec trop d'exaltation du gouvernement et du peuple. Aussi avant-hier un vieux pot en a été tellement bouleversé, qu'il est tombé par terre et s'est brisé. Si je ne me trompe le panier, avec ses idées trop avancées, appartient à l'opposition.

— Tu parles trop ! répliqua le briquet ; et l'acier se heurtant contre le caillou, en fit jaillir des étincelles.

— Tâchons de nous amuser un peu, ce soir.

— Oui, reprirent les allumettes, causons, et décidons quel est le plus noble de nous tous.

— Je n'aime pas à m'entretenir de moi-même, observa le pot de terre. Il nous reste d'autres sujets de conversation. Je commencerai par raconter l'histoire de ma vie, puis chacun en fera autant. Rien n'est plus divertissant. Or donc, sur les bords de la Baltique, non loin des superbes forêts de hêtres qui couvrent le sol de notre chère patrie, le vieux Danemark...

— A la bonne heure ! voilà un beau commencement, s'écrièrent les assiettes ; voilà une histoire qui promet !

— Là, continua le pot de terre, j'ai passé ma jeunesse dans une famille paisible. Les meubles y étaient frottés tous les quinze jours, le plancher lavé, et les rideaux nettoyés.

— Que vous avez une manière intéressante de

raconter ! dit le balai ; on dirait une bonne femme de ménage qui parle, tellement tout cela respire la propreté.

— Certainement », appuya le seau ; et, transporté de joie, il fit un petit bond ; une partie de son eau tomba bruyamment à terre.

Et le pot continua son récit, dont la fin était aussi belle que le commencement.

Toutes les assiettes s'agitèrent joyeusement, et le balai prit quelques brins de persil pour couronner le pot. Certes, cette distinction dut vexer les autres, mais ils pensèrent : Si je le couronne aujourd'hui, il me couronnera demain.

« Dansons ! » dirent les pincettes ; et elles se mirent à danser. C'était curieux à voir, comme elles savaient lever une jambe en l'air ! La vieille couverture de la chaise creva de rire en les regardant.

« Nous demandons à être aussi couronnées », dirent les pincettes ; et on les couronna.

« Quel genre ! » pensaient les allumettes.

Ensuite la théière fut priée de chanter, mais elle prétexta un refroidissement. C'était pur orgueil, car elle se faisait toujours entendre quand il y avait du monde au salon.

Sur la fenêtre, était une vieille plume d'oie dont la domestique se servait pour écrire. Cette plume n'avait rien de remarquable, si ce n'est qu'on l'avait trop enfoncée dans l'encrier. Du reste, elle en était fière.

« Si la théière ne veut pas chanter, dit-elle, nous nous en passerons. Dehors, dans la cage, il y a un rossignol qui chantera sans se faire prier, quoiqu'il n'ait rien appris. Nous serons indulgents ce soir.

— Cette proposition me paraît assez inconvenante, répondit la bouilloire, sœur de la théière, et chanteuse ordinaire de la cuisine ; pourquoi admettre parmi nous un oiseau étranger ? Ce n'est guère patriotique. J'en fais juge le panier du marché.

— Franchement parlant, répliqua le panier, je suis profondément vexé de passer ma soirée de la sorte. Il vaudrait bien mieux, ce me semble, mettre l'ordre partout; chacun resterait à sa place, et je dirigerais les divertissements. Vous verriez bien autre chose.

— Non, laissez-nous faire du tapage! » dirent tous les ustensiles.

Mais à ce moment la porte s'ouvrit. C'était la servante; personne ne bougea plus, personne ne souffla mot. Cependant il n'y avait pas parmi eux de pot si mince qu'il ne se crût très capable, et d'une origine très distinguée.

« Oui, pensait chacun d'eux, si on avait voulu me laisser faire, nous nous serions autrement amusés ce soir. »

La bonne prit les allumettes pour allumer son feu. Ciel! comme elles craquèrent et s'enflammèrent avec fracas!

« Maintenant, se disaient-elles, tout le monde est obligé de reconnaître notre splendeur! Quelle lumière! quelle... » Et ce n'était plus qu'un peu de cendre.

« Voilà une aventure charmante! dit la reine; tout à l'heure je me croyais transportée au milieu de la cuisine, près des allumettes. Aussi vous épouserez notre fille.

— Oui, certes! ajouta le roi, tu auras notre fille pour femme, et à lundi la noce. »

En le tutoyant, on regardait déjà le fils du marchand comme membre de la famille.

La veille de la noce, toute la ville fut illuminée. On jeta dans toutes les rues des brioches et des macarons; les gamins grimpaient sur les arbres, criaient : hourra! et sifflaient entre leurs doigts. C'était vraiment un spectacle magnifique.

« Maintenant, se dit le fils du marchand, il faut que moi aussi de mon côté je fasse quelque chose. » Il acheta une quantité de fusées volantes, de pétards, toutes les pièces d'un beau feu d'artifice, puis il les mit dans son coffre, et s'éleva dans les airs.

Routch! ritch! routch! quelle détonation! quel éclat! et combien de couleurs!

A cette vue, tous les Turcs se mirent à sauter de joie, si bien que leurs pantoufles volaient jusqu'à leurs oreilles. Jamais ils n'avaient vu un pareil phénomène. Maintenant ils étaient bien convaincus que c'était leur dieu en personne qui allait épouser la princesse.

Revenu dans la forêt, le fils du marchand se dit : « Il faut que j'aille dans la ville, pour apprendre l'effet qu'a produit mon feu d'artifice. » Ce désir était bien naturel.

Que de choses singulières on lui en raconta ! chacun l'avait vu d'une manière différente, mais tous en étaient enchantés.

« J'ai vu le Dieu des Turcs, disait l'un ; il avait les yeux brillants comme des étoiles, et une barbe semblable à l'écume des vagues.

— Il s'est envolé sur un manteau de feu, disait l'autre ; et dans les plis du manteau de jolis petits anges voltigeaient. »

Le jeune homme entendit encore plus d'une belle chose ce soir-là, la veille de sa noce. Enfin il retourna dans la forêt pour se placer dans son coffre ; mais nulle part il ne l'aperçut. Le coffre avait été brûlé, brûlé par une étincelle de feu d'artifice. Il n'en restait qu'un peu de cendre. Le pauvre garçon ne pouvait plus s'envoler ni revoir sa fiancée.

Elle l'attendit sur le toit toute la journée ; elle l'attend encore. Lui cependant parcourt le monde en racontant des aventures ; mais aucune d'elles n'est aussi joyeuse que celle des allumettes.

LES FLEURS DE LA PETITE IDA

« Mes pauvres fleurs sont toutes mortes, dit la petite Ida. Hier soir elles étaient encore si belles ! et maintenant toutes leurs feuilles pendent desséchées. D'où cela vient-il ? » demanda-t-elle à l'étudiant qui était assis sur le canapé et qu'elle aimait beaucoup. Il savait raconter les histoires les plus jolies, et découper des images si amusantes, des cœurs avec de petites femmes qui dansaient, des fleurs et de grands châteaux dont on pouvait ouvrir la porte. Oh ! c'était un joyeux étudiant.

« Pourquoi mes fleurs ont-elles aujourd'hui une mine si triste ? demanda-t-elle une seconde fois en lui montrant un bouquet tout desséché.

— Je vais te dire ce qu'elles ont, dit l'étudiant. Tes fleurs ont été cette nuit au bal, et voilà pourquoi leurs têtes sont ainsi penchées.

— Cependant les fleurs ne savent pas danser, dit la petite Ida.

— Si vraiment, répondit l'étudiant. Lorsqu'il fait noir et que nous dormons nous autres, elles sautent et s'en donnent à cœur joie, presque toutes les nuits.

— Et les enfants ne peuvent-ils pas aller à leur bal ?

— Si, répondit l'étudiant ; les enfants du jardin, les petites marguerites et les petits muguets.

— Où dansent-elles, les belles fleurs ? demanda la petite Ida.

— N'es-tu jamais sortie de la ville, du côté du grand château où le roi fait sa résidence l'été, et où il y a un jardin magnifique rempli de fleurs ? Tu as bien vu les cygnes qui nagent vers toi, quand tu leur donnes des miettes de pain ? Crois-moi, c'est là que se donnent les grands bals.

— Mais je suis allée hier avec maman au jardin, répliqua la jeune fille ; il n'y avait plus de feuilles aux arbres, et pas une seule fleur. Où sont-elles donc ? J'en ai tant vu pendant l'été !

— Elles sont dans l'intérieur du château, dit l'étudiant. Dès que le roi et les courtisans retournent à la ville, les fleurs quittent promptement le jardin, entrent dans le château et mènent joyeuse vie. Oh ! si tu voyais cela ! Les deux plus belles roses s'asseyent sur le trône, et elles sont roi et reine. Les crêtes-de-coq écarlates se rangent des deux côtés et s'inclinent : ce sont les officiers de la maison royale. Ensuite viennent les autres fleurs, et on fait un grand bal... Les violettes bleues représentent les élèves de marine ; elles dansent avec les jacinthes et les crocus, qu'elles appellent mesdemoiselles. Les tulipes et les grands lis rouges sont de vieilles dames chargées de veiller à ce qu'on danse convenablement et à ce que tout se passe comme il faut.

— Mais, demanda la petite Ida, n'y a-t-il personne qui punisse les fleurs pour danser dans le château du roi ?

— Presque personne ne le sait, dit l'étudiant. Il est vrai que quelquefois, pendant la nuit, arrive le vieil intendant qui doit faire sa ronde. Il a un grand trousseau de clefs sur lui, et dès que les fleurs en entendent le cliquetis, elles se tiennent toutes tranquilles, se cachant derrière les longs rideaux et ne montrant que la tête. « Je sens qu'il y a des fleurs ici », dit le vieil intendant ; mais il ne peut pas les voir.

— C'est superbe, dit la petite Ida en battant des mains. Est-ce que je ne pourrais pas voir les fleurs danser, moi aussi ?

— Peut-être, dit l'étudiant. Penses-y, lorsque tu retourneras dans le jardin du roi. Regarde par la fenêtre et tu les verras. Je l'ai fait aujourd'hui même ; il y avait un long lis jaune qui était étendu sur le canapé. C'était une dame de la cour.

— Mais les fleurs du Jardin des Plantes y vont-elles aussi ? Comment peuvent-elles faire ce long chemin ?

— Mais, dit l'étudiant, si elles veulent, elles peuvent voler. N'as-tu pas vu les beaux papillons rouges, jaunes et blancs ? est-ce qu'ils ne ressemblent pas tout à fait aux fleurs ? c'est qu'ils n'ont pas d'abord été autre chose. Les fleurs ont quitté leur tige et se sont élevées dans les airs ; là elles ont agité leurs feuilles comme de petites ailes, et ont commencé à voler. Et, parce qu'elles se sont bien conduites, elles ont obtenu la permission de voler toute la journée, et elles n'ont plus besoin de rester chez elles attachées à leur tige. C'est ainsi qu'à la fin les feuilles sont devenues de véritables ailes. Mais tu l'as vu toi-même. Du reste, il se peut que les fleurs du Jardin des Plantes ne soient jamais allées dans le jardin du roi, et même qu'elles ignorent qu'on y mène la nuit si joyeuse vie. C'est pourquoi je veux te dire quelque chose qui fera ouvrir de grands yeux au professeur de botanique notre voisin. Lorsque tu iras dans le jardin, annonce à une fleur qu'il y a grand bal au château : celle-ci le répétera à toutes les autres, et elles s'envoleront. Vois-tu les yeux que fera le professeur, lorsqu'il ira visiter son jardin et qu'il n'y verra plus une seule fleur, sans pouvoir comprendre ce qu'elles sont devenues ?

— Mais comment une fleur pourra-t-elle le dire aux autres ? Les fleurs ne savent pas parler.

— C'est vrai, répondit l'étudiant ; mais elles sont très fortes en pantomime. N'as-tu pas souvent vu les fleurs, lorsqu'il fait un peu de vent, s'incliner et se faire des signes de tête ? n'as-tu pas remarqué que toutes les feuilles vertes s'agitent ? Ces mouvements sont aussi intelligibles pour elles que les paroles pour nous.

— Mais le professeur, est-ce qu'il comprend leur langage ? demanda Ida.

— Oui, assurément. Un jour qu'il était dans son jardin, il aperçut une grande ortie qui avec ses feuilles faisait des signes à un très bel œillet rouge. Elle disait : « Que tu es beau ! comme je t'aime ! » Mais le professeur se fâcha, et il frappa les feuilles qui servent de doigts à l'ortie. Il s'y piqua, et, depuis ce temps, comme il se souvient combien il lui en a cuit la première fois, il n'ose plus toucher à une ortie.

— C'est drôle, dit la petite Ida, et elle se mit à rire.

— Comment peut-on mettre de telles choses dans la tête d'un enfant ? » dit un ennuyeux conseiller qui était entré pendant la conversation pour faire une visite et qui s'était assis sur le canapé.

L'étudiant ne lui plut pas, et il ne cessa de murmurer, tant qu'il le vit découper ses petites figures risibles et joyeuses. Ce fut d'abord un homme pendu à une potence et tenant à la main un cœur volé ; puis une vieille sorcière qui trottait à cheval sur un balai et portait son mari sur son nez. Le conseiller ne pouvait supporter cette plaisanterie, et il répétait sans cesse sa première réflexion : « Comment peut-on mettre de telles choses dans la tête d'un enfant ? C'est une fantaisie stupide ! »

Mais tout ce que l'étudiant racontait à la petite Ida avait pour elle un charme extraordinaire, et elle y réfléchissait beaucoup. Les fleurs avaient les têtes penchées, parce qu'elles étaient fatiguées d'avoir dansé toute la nuit. Elles étaient sans doute malades. Alors elle les emporta près de ses autres joujoux, qui se trouvaient sur une jolie petite table dont le tiroir était rempli de belles choses. Elle trouva sa poupée Sophie couchée et endormie ; mais la petite lui dit : « Il faut te lever, Sophie, et te contenter pour cette nuit du tiroir. Les pauvres fleurs sont malades et ont besoin de prendre ta place. Ça les guérira peut-être. »

Et elle enleva la poupée. Celle-ci eut l'air tout

contrarié, et ne dit pas un seul mot, tant elle était fâchée de ne pas pouvoir rester dans son lit!

Ida posa les fleurs dans le lit de Sophie, les couvrit bien avec la petite couverture et leur dit de se tenir gentiment tranquilles; elle allait leur faire du thé pour qu'elles pussent redevenir joyeuses et se lever le lendemain matin. Puis elle ferma les rideaux autour du petit lit, afin que le soleil ne tombât pas sur leurs yeux.

Pendant toute la soirée, elle ne put s'empêcher de songer à ce que lui avait raconté l'étudiant, et, au moment de se coucher, elle se dirigea d'abord vers les rideaux des fenêtres, où se trouvaient les magnifiques fleurs de sa mère, jacinthes et tulipes, et leur dit tout bas : « Je sais que vous irez au bal cette nuit. »

Les fleurs firent comme si elles ne comprenaient rien et ne remuèrent pas une feuille; ce qui n'empêcha pas Ida de savoir ce qu'elle savait.

Quand elle fut couchée, elle pensa longtemps au plaisir que ce devait être de voir danser les fleurs dans le château du roi. « Mes fleurs y sont-elles allées? » Et elle s'endormit. Elle se réveilla dans la nuit : elle avait rêvé des fleurs, de l'étudiant et du conseiller qui l'avait grondé. Tout était silencieux dans la chambre où Ida reposait. La veilleuse brûlait sur la table, et le père et la mère dormaient.

« Je voudrais bien savoir si mes fleurs sont encore dans le lit de Sophie! Oui, je voudrais le savoir. »

Elle se leva à moitié et jeta les yeux sur la porte entrebâillée. Elle écouta, et il lui sembla qu'elle entendait toucher du piano dans le salon, mais si doucement et si délicatement qu'elle n'avait jamais entendu rien de pareil.

« Ce sont sans doute les fleurs qui dansent. Ah! mon Dieu! que je voudrais les voir! »

Mais elle n'osa pas se lever tout à fait, de peur de réveiller son père et sa mère.

« Oh! si elles voulaient entrer ici! » pensa-t-elle.

Mais les fleurs ne vinrent pas, et la musique continua de jouer bien doucement. A la fin, elle ne put y tenir ; c'était trop joli. Elle quitta son petit lit et alla sur la pointe du pied à la porte pour regarder dans le salon. Oh ! que c'était superbe, ce qu'elle vit !

Il n'y avait point de veilleuse, il est vrai ; mais pourtant il y faisait bien clair. Les rayons de la lune tombaient par la fenêtre sur le plancher ; on y voyait presque comme en plein jour. Toutes les jacinthes et les tulipes étaient debout sur deux longues rangées ; pas une ne restait à la fenêtre ; tous les pots étaient vides. Sur le plancher, toutes les fleurs dansaient joliment les unes au milieu des autres, faisaient toute espèce de figures, et se tenaient par leurs longues feuilles vertes pour faire la grande ronde. Au piano était assis un grand lis jaune, avec qui la petite Ida avait fait connaissance dans l'été ; car elle se rappelait fort bien que l'étudiant avait dit : « Regarde comme ce lis ressemble à Mlle Caroline. » Tout le monde s'était moqué de lui, et cependant la petite Ida crut alors reconnaître que la grande fleur jaune ressemblait d'une manière étonnante à cette demoiselle. Elle avait en touchant du piano absolument les mêmes manières ; elle penchait sa longue figure jaune, tantôt d'un côté, tantôt de l'autre et battait aussi la mesure avec la tête. Personne n'avait remarqué la petite Ida. Elle aperçut ensuite un grand crocus bleu qui sautait au milieu de la table où étaient ses joujoux et qui alla ouvrir le rideau du lit de la poupée. C'est là qu'étaient couchées les fleurs malades ; elles se levèrent aussitôt et dirent aux autres par un signe de tête qu'elles avaient aussi envie de danser. Le vieux bonhomme du vase aux parfums, qui avait perdu la lèvre inférieure, se leva et fit un compliment aux belles fleurs. Elles reprirent leur bonne mine, se mêlèrent aux autres et se montrèrent on ne peut plus joyeuses.

Tout à coup, quelque chose tomba de la table ; Ida regarda : c'était la verge qui s'élançait à terre ; elle aussi parut vouloir prendre part à la fête des fleurs. Sur elle était assise une petite poupée de cire, qui portait un grand et large chapeau absolument semblable à celui du conseiller. La verge sauta au milieu des fleurs, montée sur ses trois échasses rouges, et se mit à marquer fortement la mesure en dansant une mazurka ; il n'y avait qu'elle qui en fût capable : les autres fleurs étaient trop légères et n'auraient jamais pu faire entendre le même bruit avec leurs pieds.

Tout à coup, la poupée accrochée à la verge s'allongea et grandit, se tourna vers les autres fleurs, et s'écria tout haut : « Comment peut-on mettre de telles choses dans la tête d'un enfant ? C'est une fantaisie stupide ! »

Et la poupée de cire ressemblait alors extraordinairement au conseiller avec son large chapeau ; elle avait le même teint jaune et le même air grognon. Mais ses longues jambes frêles expièrent son exclamation : les fleurs les frappèrent rudement ; elle se ratatina soudain, et redevint une toute petite poupée. Comme tout cela était amusant à voir ! La petite Ida ne put s'empêcher de rire. La verge continua de danser, et le conseiller était obligé de danser avec elle, malgré toute sa résistance, quoique tantôt il se fît grand et long, et tantôt reprît les proportions de la petite poupée au grand chapeau noir. Mais enfin les autres fleurs intercédèrent pour lui, surtout celles qui sortaient du lit de la poupée ; la verge se laissa toucher par leurs instances et se tint tranquille.

Puis quelqu'un frappa violemment dans le tiroir où étaient enfermés les autres joujoux d'Ida. L'homme du vase aux parfums courut jusqu'au bord de la table, s'étendit sur le ventre, et réussit à ouvrir un peu le tiroir. Tout à coup Sophie se leva et regarda tout étonnée autour d'elle. « Il y a donc bal ici ! dit-elle ; pourquoi personne ne me l'a-t-il dit ?

— Veux-tu danser avec moi ? dit l'homme aux parfums.

— Par exemple, en voilà un danseur ! » dit-elle, et elle lui tourna le dos.

Elle s'assit ensuite sur le tiroir et pensait qu'une des fleurs allait venir l'inviter. Mais aucune d'elles ne se présenta : elle eut beau tousser et faire hum ! hum ! aucune n'approcha. L'homme se mit à danser tout seul, et s'en acquitta assez bien.

Comme aucune des fleurs ne semblait faire attention à Sophie, elle se laissa tomber avec un grand bruit du tiroir sur le plancher. Toutes les fleurs accoururent, lui demandèrent si elle s'était fait mal, et se montrèrent très aimables avec elle, surtout celles qui avaient couché dans son lit. Elle ne s'était pas fait le moindre mal, et les fleurs d'Ida la remercièrent de son bon lit, la conduisirent au milieu de la salle, où brillait la lune, et se mirent à danser avec elle. Toutes les autres fleurs faisaient cercle pour les voir. Sophie, joyeuse, leur dit qu'elles pouvaient désormais garder son lit, qu'il lui était égal de coucher dans le tiroir.

Les fleurs lui répondirent : « Nous te remercions cordialement ; nous ne pouvons pas vivre si longtemps. Demain nous serons mortes. Mais dis à la petite Ida qu'elle nous enterre là, dans l'endroit du jardin où est enterré le petit oiseau des Canaries. Nous ressusciterons dans l'été et nous reviendrons bien plus belles.

— Non, il ne faut pas que vous mouriez, dit Sophie » ; et elle baisa les fleurs.

Mais au même instant, la porte du grand salon s'ouvrit, et une foule pressée de fleurs magnifiques entra en dansant. Ida ne pouvait comprendre d'où elles venaient. Sans doute, c'étaient toutes les fleurs du jardin du roi ! A leur tête marchaient deux roses éblouissantes qui portaient de petites couronnes d'or : c'étaient le roi et la reine. Ensuite vinrent les plus charmantes giroflées, les plus beaux œillets, qui saluaient de tous côtés. Ils étaient accompagnés d'une troupe de musique ; de grands pavots et des pivoines soufflaient si fort dans des cosses de pois qu'ils en avaient la figure toute rouge ; les jacinthes bleues et les petites perce-neige sonnaient comme si elles portaient de véritables sonnettes. C'était une musique bien remarquable; toutes les autres fleurs se joignirent à la bande nouvelle, et on vit danser violettes et amarantes, pâquerettes et marguerites. Elles s'embrassèrent toutes les unes les autres. C'était un spectacle délicieux.

Ensuite, les fleurs se souhaitèrent une bonne nuit, et la petite Ida se glissa dans son lit, où elle rêva à tout ce qu'elle avait vu. Le lendemain, dès qu'elle fut levée, elle courut à la petite table pour voir si les fleurs y étaient toujours. Elle ouvrit les rideaux du petit lit; elles s'y trouvaient toutes, mais encore bien plus desséchées que la veille. Sophie était couchée dans le tiroir où elle l'avait placée, et avait l'air d'avoir grand sommeil.

« Te rappelles-tu ce que tu as à me dire? » lui dit la petite Ida.

Mais Sophie avait une mine tout étonnée, et ne répondit pas un mot.

« Tu n'es pas bonne, dit Ida; pourtant, elles ont toutes dansé avec toi. »

Elle prit ensuite une petite boîte de papier qui contenait des dessins de beaux oiseaux, et elle y mit les fleurs mortes.

« Voilà votre joli petit cercueil, dit-elle. Et plus tard, lorsque mes petits cousins viendront me voir, ils m'aideront à vous enterrer dans le jardin, pour que vous ressuscitiez dans l'été et que vous reveniez plus belles. »

Les cousins de la petite Ida étaient deux joyeux garçons; ils s'appelaient Jonas et Adolphe. Leur père leur avait donné deux arbalètes, et ils les emportèrent pour les montrer à Ida. La petite fille leur raconta l'histoire des pauvres fleurs qui étaient mortes et les invita à l'enterrement. Les deux garçons marchèrent devant avec leurs arbalètes sur l'épaule, et la petite Ida suivit avec les fleurs mortes dans le joli cercueil; on creusa une petite fosse dans le jardin; Ida, après avoir donné un dernier baiser aux fleurs, déposa le cercueil dans la terre. Adolphe et Jonas tirèrent des coups d'arbalète au-dessus de la tombe; car ils ne possédaient ni fusil ni canon.

TABLE

DISTRIBUTION

ALLEMAGNE
BUCHVERTRIEB O. LIESENBERG
Grossherzog-Friedrich Strasse 56
D-77694 Kehl/Rhein

ASIE CENTRALE
KAZAKHKITAP
Pr. Gagarina, 83
480009 Almaty
Kazakhstan

BULGARIE et BALKANS
COLIBRI
40 Solunska Street
1000 Sofia
Bulgarie

OPEN WORLD
125 Bd Tzaringradsko Chaussée
Bloc 5
1113 Sofia
Bulgarie

CANADA
EDILIVRE INC.
DIFFUSION SOUSSAN
5740 Ferrier
Mont-Royal, QC H4P 1M7

ESPAGNE
PROLIBRO, S.A.
CI Sierra de Gata, 7
Pol. Ind. San Fernando II
28831 San Fernando de Henares

RIBERA LIBRERIA
PG. Martiartu
48480 Arrigorriaga
Vizcaya

ETATS-UNIS
DISTRIBOOKS Inc.
8220 N. Christiana Ave.
Skokie, Illinois 60076-1195
tel. (847) 676 15 96
fax (847) 676 11 95

GRANDE-BRETAGNE
SANDPIPER BOOKS LTD
22 a Langroyd Road
London SW17 7PL

ITALIE
MAGIS BOOKS
Via Raffaello 31/C 6
42100 Reggio Emilia

LIBAN
SORED
Rue Mar Maroun
BP 166210
Beyrouth

LITUANIE et ETATS BALTES
KNYGU CENTRAS
Antakalnio str. 40
2055 Vilnius
LITUANIE

MAROC
LIBRAIRIE DES ECOLES
12 av. Hassan II
Casablanca

POLOGNE
NOWELA
Ul. Towarowa 39/43
61896 Poznan

TOP MARK CENTRE
Ul. Urbanistow 1/51
02397 Warszawa

PORTUGAL
CENTRALIVROS
Av. Marechal Gomes
Da Costa, 27-1
1900 Lisboa

ROUMANIE
NEXT
Piata Romana 1
Sector 1
Bucarest

RUSSIE
LCM
P.O. Box 63
117607 Moscou
fax : (095) 127 33 77

PRINTEX
Moscou
tel/fax : (095) 252 02 82

TCHEQUE (REPUBLIQUE)
MEGA BOOKS
Rostovska 4
10100 Prague 10

TUNISIE
LE DISTRIBUTEUR
39, rue Naplouse
1002 Tunis

ZAIRE
LIBRAIRIE DES CLASSIQUES
Complexe scolaire Mgr Kode
BP 6050 Kin Vi
Kinshasa/Matonge

FRANCE
Exclusivité réservée
à la chaîne MAXI-LIVRES
Liste des magasins : MINITEL
« 3615 Maxi-Livres »

IMPRIMÉ EN FRANCE PAR BRODARD ET TAUPIN
Usine de La Flèche (Sarthe), le 13-08-1996
B/BKO16/96 – Dépôt légal, août 1996